# *FLEURS D'ESPRIT*

***SORIA***
*Maître d'information pour les Créateurs de notre Univers*

TOME V

*Texte reçu par Régine Françoise Fauze*

Ariane Éditions

**Fleurs d'Esprit**

*Régine Françoise Fauze*
*B.P. 11, Bagnac 46270 France*


*1209, av. Bernard O., bureau 110,*
*Outremont, (Québec) Canada H2V 1V7*
*Téléphone : (514) 276-2949, télécopieur : (514) 276-4121*
*Site Web : ariane.qc.ca*
*Courrier électronique : info@ariane.qc.ca*



*Révision linguistique : Monique Riendeau, Michelle Bachand*
*Graphisme : Carl Lemyre*
*Concept illustration : Régine Françoise Fauze*

*ISBN : 2-920987-70-4*
*Dépôt légal : 1er trimestre 2003*
*Bibliothèque nationale du Québec*
*Bibliothèque nationale du Canada*
*Bibliothèque nationale de Paris*

***Diffusion***
*Québec : ADA Diffusion – (514) 929-0296*
*Site Web : ada-inc.com*
*France : D.G. Diffusion – 05.61.000.999*
*Site Web : dgdiffusion.com*
*Belgique : Vander – 2.761.12.12*
*Suisse : Transat – 23.42.77.40*

*Imprimé au Canada*

# TABLE DES MATIÈRES

# MOT DE L'AUTEURE

Le voyage se poursuit…

Une fois encore, je vous emmène visiter une partie de votre réalisation à venir et je profiterai de ce nouveau pas pour éclaircir davantage les zones d'ombre de votre esprit. Nous essayerons de démêler l'écheveau de vos constructions, de trier les non viables et celles qui permettent des ouvertures de grande envergure. J'ai abordé doucement vos dimensions intérieures ; allons plus loin et découvrons la lumière cachée sous vos pas hésitants, l'usage du verbe dans votre quotidien et son effet sur les mondes. Autant de germes petits et grands en quête de racines.

Les questions posées par les lecteurs et inscrites dans l'aura de cette planète nous appellent à plus de réponses, mais certaines demeureront entières pour un temps encore.

Le temps, matrice de réalisation, égrène ses rouages et, chaque seconde, des éclaircissements peuvent survenir dans votre monde. Toutefois, il y a bousculade. Aussi, devons-nous classer les réponses urgentes en vue de mettre un baume sur vos blessures, celles venant nourrir votre être puis les autres, moins utiles présentement. Toutes vos questions trouveront des réponses. La patience reste cependant nécessaire à tous les assoiffés de vérité et de progrès. Certains d'entre vous attendent des preuves, petites ou grandes. Le contact démultiplié avec les mondes invisibles constitue le début des preuves réclamées ; il en vient d'autres. Je pense aux *crop circles* (ou agroglyphes), ces messages qui s'inscrivent clairement dans la matière, apparaissant chaque année de plus en plus complexes. Les lois régissant les univers se dévoilent ainsi pas à pas.

Nous aurons des approches différentes à vous offrir ; ceci représente le commencement de nos interventions dans votre réalité. Mais vivez-vous la réalité ? Votre esprit n'a-t-il point créé une illusion afin de vous tester et n'est-il point en train d'aiguiser votre sagacité afin de favoriser la découverte de cette illusion ? Vous découvrirez ces lignes en l'an 2003 de votre révolution de conscience. Tout a un début et une fin ; l'année 2003 inaugure une période riche d'événements qui installeront la maturité de votre conscience dans l'inconscient. Le monde visible va rejoindre le monde invisible, ce qui soulèvera les bouleversements des lois préhumaines reconnues comme vérités immuables.

La densité est matrice de l'illusion et le monde subtil, matrice des Lois de Vie. L'équilibre étant le cœur de la santé, le dense et le subtil doivent fusionner à nouveau, s'épouser, donc se côtoyer. Les constructions préhumaines s'effondrent ; des cendres s'élèveront les fondements de l'Humain. Une fois instaurée, cette période ne procurera aucun repos ni au corps, ni à l'âme, ni à l'esprit. Autant s'y faire et se glisser dans ce qui s'en vient ; les bouleversements s'effectueront dans votre monde comme dans les mondes subtils. En somme, vous faire une place auprès de nous relève d'un pari. Je fais partie de ceux et celles qui ont parié sur votre élévation et sur votre retour dans la responsabilité, le respect et la fluidité des échanges interuniversels. Ma responsabilité est donc engagée et je me dois de vous accompagner dans ce passage délicat de la liberté à outrance à la liberté consciente.

L'année 2003 nous place dans l'obligation d'être encore plus présents à vos côtés et de vous soutenir dans les décisions visant à épauler l'échange multidimensionnel. Nos frères intraterrestres viennent également se positionner et vos contacts d'outre-Terre commencent aussi à porter leurs fruits.

Ce nouveau volume vient, quant à lui, vous conduire un peu plus loin dans la conscience d'être nés divins, d'être divins.

L'amour de vos frères des étoiles vous accompagne dans votre propre accouchement.

Vous tous, hommes et femmes, êtes enceints de vous-mêmes. L'heure de la délivrance sonne, préparez-vous en vue de ce moment exceptionnel et rare.

Partageons encore un peu de notre temps afin de rétablir l'histoire de ce coin du grand sidéral dans la famille universelle. Je vous parlerai de vous, encore de vous, toujours de vous.

La Paix vous accompagne dans ce grand rendez-vous avec vous-mêmes.

# INTRODUCTION

Les énergies porteuses du moment vous enjoignent au changement, un grand mot véhiculant toute une variante de possibilités. L'Esprit s'est tenu très éloigné de votre réalité jusqu'ici, mais voici venu le temps d'un rapprochement entre lui et vous. Pas de discours inutile, simplement une jonction plus unie avec votre réalité. La forme, ou les formes, importe peu ; seule la volonté de cette action épouse toutes les vibrations permettant cela. L'Esprit étudia par le passé l'éloignement total entre lui et vous. Les modifications importantes de la grille magnétique de cette planète offrent à tous les esprits concernés le choix des approches avec ce lien.

La grille magnétique, ou treillis cosmique, entoure tout être vivant. Chaque intersection de lignes favorise une amplification d'énergie et une propagation rapide de celle-ci. Dans le passé, seuls des initiés pouvaient agir sur la grille magnétique. Avec la divulgation de son existence à la majorité des consciences vivant ici, ce pouvoir ne demeure plus dans l'ombre. Votre pensée, suivie de l'action, possède la faculté de se connecter à cette grille magnétique et de devenir active au sein de ses forces.

L'ordre mondial obscur connaît parfaitement les fonctions de ce treillis énergétique ; de manière à vous rendre esclaves, il a fait en sorte de polluer l'ancien treillis. Aujourd'hui, le changement de son code n'en permet plus l'accès et la volonté de participer à l'expansion de la lumière, de la libération de la conscience ouvre les nouvelles voies conduisant à la jeune grille magnétique.

Pendant dix ans, l'ancien treillis s'éteindra progressivement, entraînant dans son déclin toutes les constructions bâties sur ses forces. En parallèle, la nouvelle grille grandira avec force et loi sur tous les êtres vivants ici-bas.

Ce côtoiement temporaire des deux forces engendrera des frictions. La période la plus délicate se situera vers la fin de la vie de la vieille grille magnétique. Aussi, dès à présent, nous venons vous nourrir, à l'intérieur comme à l'extérieur. Doucement, la Lumière de Vie envahira cette planète, d'abord *autour* puis *sur* et enfin *en dedans*. Simultanément, le cœur de cette sphère de Vie va rayonner et établir sur votre sol (à la surface extérieure de cette planète) la jonction avec ce rayon de lumière. Le processus étant déjà entamé, l'Ombre se voit adombrée non pas par son miroir, la Lumière, mais bien par la Lumière Vie, Père/Mère de l'Ombre/Lumière, jeu de miroirs des esprits en incarnation.

Comment cela va-t-il se passer ? La Lumière de Vie viendra prendre racine sur la nouvelle grille magnétique aux points de croisement des lignes, la lumière atomique et solaire du centre de votre Terre viendra s'enraciner sur votre propre grille magnétique, celle du corps ; la Lumière de Vie pourra alors établir la jonction entre la grille magnétique adombrée par elle et celle de votre corps, adombrée par la lumière du centre de la Terre. Quand la dernière connexion sera effectuée, votre planète pourra émettre sa lumière et son chant afin de ravir ses sœurs, les étoiles. La naissance d'une étoile débute ainsi. De planète bleue, Urantia Gaïa deviendra l'Étoile bleue.

Tous, amis et amies, vous êtes venus vivre de l'intérieur ce grand événement. L'enjeu est donc d'ordre stellaire et non planétaire. Les étoiles sont régies par la Lumière de Vie, et les planètes en évolution sont le jouet du miroir Ombre/Lumière, matrice assurant la naissance des étoiles. Une fois établie comme étoile, l'essence féminine y reprend ses droits, elle redevient la semence de vie. Quant à l'énergie masculine, elle est le ferment, le terreau de ces semences.

Nous revenons aujourd'hui afin de mettre en place cette dernière phase. C'est là une des raisons à l'origine de la restitution de votre mémoire ancestrale.

Je suis ici dans le but d'œuvrer pour la naissance d'Urantia Gaïa dans son identité d'étoile.

Si vous observez la Voie lactée, vos yeux discernent aisément les étoiles ; il faut comprendre maintenant que la lumière de celles-ci représente le phare du grand sidéral aidant toutes les étincelles de Vie à trouver leur chemin vers la Lumière de Vie. Nos énergies se dirigent doucement au cœur même de cette volonté, celle de participer à la naissance d'une nouvelle étoile. Le but ultime caché dans vos cellules est bien celui-ci. Tout le reste sert l'activation de ce but. L'Ombre aura permis à la Lumière de Vie de se reposer avant d'émettre ses particularités. L'Ombre en est la bienfaitrice. La Lumière EST et ne peut s'éloigner de son état primordial. Afin d'entrer en mutation, il lui fallait une matrice où déposer ses atouts. L'Ombre demeure la plus belle expérience ; tous les esprits sortis de ce grand théâtre d'expression pensent avec nostalgie à cette période où tous les efforts recevaient leurs réponses avec aisance.

L'Être solaire annonce sa présence ; sans la friction du deux, de l'Ombre/Lumière, les esprits concernés par cette venue connaissent la lourdeur du bien-être engendrant une inertie. Pourtant, la première étape importante dans ce processus évolutif reste le passage vers la quatrième dimension, point de départ du couronnement de cette planète. Oui, il y a déjà eu des passages de la troisième à la quatrième dimension, mais auparavant la troisième n'était jamais vidée totalement comme ce sera le cas cette fois-ci. L'Être solaire amorce sa descente et ne peut planter ses racines qu'à partir de la quatrième dimension. Urantia Gaïa porte en elle une grande responsabilité ; ses nombreux soubresauts ont permis l'expérimentation de plusieurs voies d'expression, comme il lui avait été demandé.

Aujourd'hui, Urantia Gaïa est invitée à unir toutes ses tentatives et à établir une Fleur de Vie unique. Votre passé planétaire favorise l'émergence de nouveaux archétypes. Nous, vos Créateurs, allons employer les lois nouvelles offertes par vous, notre création. Le cercle se refermera ainsi et deviendra totalement opérationnel. Vous seuls fermerez ce cercle et enverrez un rayon de lumière donnant vie à un nouveau cercle. La spirale de Vie poursuit son chemin mais nous ne sommes plus les acteurs principaux ; c'est à vous de prendre le relais.

Dans cet ouvrage, nouveau chapitre de l'enseignement des étoiles, nous aborderons l'Esprit de Vie un peu plus en profondeur.

Par ces mots, les étoiles cherchent à exprimer une nouvelle forme d'expansion au sein de votre demeure terrestre et intime. ***Fleurs d'Esprit*** se veut source de création. Aussi vais-je m'y employer. Les données innovantes seront moins densifiées et plus fluides afin de répondre à certains souhaits humains. En effet, comprenez notre souci permanent de vous transmettre un ouvrage scientifique abordable pour l'esprit de tout un chacun. Je ne déroule pas des pages dans le but de transmettre une source de réflexion de plus au mental terrestre ; j'élabore un manuel d'école universelle pour les résidents d'Urantia Gaïa.

Votre futur se révèle riche en événements démesurés. Nous, ici, devons vous apporter des repères sérieux afin que vous puissiez vivre au mieux les transformations inévitables à venir.

***Fleurs d'Esprit*** répond aux ouvertures et aux besoins immédiats et futurs.

Bonne lecture.

UN

# APPROCHE DE LA GÉOMÉTRIE SACRÉE

L'Esprit, ou le Père/Mère, se réalise dans la densité par le biais d'une partie de lui-même logée dans un corps humain. Son but reste la reconnaissance de son état primordial. Pour cela, il crée des expériences, celles-ci donnant les fruits à recueillir ou, si vous préférez, des fragments de compréhension enrichissant son savoir. Mais, surtout, elles assurent le passage d'un état d'être primordial initial à un état d'être primordial expérientiel.

Votre Père/Mère connaît l'importance des expériences à acquérir ici sur cette belle planète. L'enjeu du moment étant à la fois d'ordre planétaire, universel et cosmique, les énergies évoluant sur votre lieu d'accueil ne ressemblent en rien aux énergies en exercice dans les autres secteurs sidéraux.

Le défi lancé à Urantia Gaïa lui accorde la possibilité d'unir des énergies d'ordre intraterrestre, terrestre, extraterrestre, systémique, universel (secteur local et section supérieure suivante), du Super-Univers, des sept Super-Univers et, enfin, de l'Île Centrale.

Votre tâche demeure la reconnaissance de ces diverses sources énergétiques, leur intégration au centre de vous-même et, finalement, leur rayonnement autour de vous non pas réunies en un seul faisceau mais par l'une ou l'autre, selon les circonstances. Chaque source possède un éventail riche de réalisations complétant ou renforçant les autres. Chaque réalité énergétique se manifestera en empruntant un de vos chakras ou sous-chakras.

Les forces intraterrestres préféreront travailler en canalisant la lumière, la force, la sagesse, l'amour, la paix, la tolérance, etc., par les sous-chakras de vos corps. La lumière intraterrestre influencera sa nature en utilisant le sous-chakra placé dans l'organe de la rate ; elle influencera aussi la force en s'appuyant sur les sous-chakras des hanches, la sagesse en recourant à ceux des oreilles, la paix par les paumes des mains, la tolérance en employant les coudes. La force vitale intraterrestre s'unit à la vôtre avec le concours des sous-chakras placés au centre du dessous de vos pieds. Votre corps physique abrite les entrées nécessaires aux différents apports lumineux.

Les chakras canalisent les influences énergétiques ambiantes (autour de vous) mais se nourrissent essentiellement des apports des sous-chakras. Les forces extraterrestres se propulsent en vous en passant par les sous-chakras situés dans les omoplates, les poignets, les tempes, le foie, le pancréas, les genoux et les chevilles.

Les forces systémiques emploient indifféremment les chakras et les sous-chakras, comme les forces universelles. Les forces du Super-Univers de votre résidence se manifestent principalement par les portes correspondantes de vos corps subtils. Les forces sidérales (soit des sept Super-Univers) empruntent uniquement les portes de votre cinquième corps et les forces de l'Île Centrale, au moyen de vos glandes corporelles (pinéale, pituitaire, hypophyse).

L'union de ces diverses sources a lieu dans la glande thyroïde, une des principales sources de dérèglement actuel de celle-ci. Le thymus, quant à lui, a la charge de répandre les degrés de l'Amour divin.

Vos sous-chakras diffusent donc des qualités essentielles des forces intra et extra-terrestres, mais toujours d'ordre planétaire. Les chakras émettent les qualités existentielles de l'éther, vos corps subtils canalisent la nature de l'esprit du Super-Univers. Le plus intéressant consiste à étudier la nature atomique de l'Île Centrale dans vos glandes corporelles. La charge atomique de l'Île Centrale nourrit avec parcimonie votre corps. Au fur et à mesure de votre élévation dans la compréhension cosmique, vos glandes supporteront un apport plus grand d'énergie atomique. Quand votre corps sera prêt à une union décisive avec la réalité de l'identité divine, alors vos glandes intérieures (dans votre cerveau) émettront un circuit nouveau afin de recevoir en abondance cette source de lumière.

Ce circuit est la première fleur d'Esprit à se mettre en place. Votre corps vibrera au-delà des taux vibratoires lourds. L'attraction terrestre commencera doucement à diminuer, mais ceci ne sera qu'une étape. À partir de ce moment-là, vous devrez réanimer tous les circuits énergétiques à l'origine de la géométrie sacrée du corps.

Les uns après les autres, vos sous-chakras rétabliront un flux d'énergie formant les triangles sacrés du corps. Réactivés, ces triangles d'énergie procéderont au rajeunissement de vos cellules. En réalité, ils déprogrammeront vos interventions sur l'harmonie d'expression des atomes. Dans ce rétablissement, la force atomique deviendra l'autorité principale dans votre demeure. La force d'amour, la force cristalline (en sommeil actuellement), la force solaire se soumettront à cette présence dominante. Il est intéressant de signaler que la force cristalline est encore peu révélée, et ce, d'après la volonté de l'Île Centrale, afin qu'elle soit étudiée dans des lieux spécifiques à venir.

Oui, il y a une différence entre la force solaire et la force atomique. Nous appelons force atomique le rayon d'énergie descendant de l'Île Centrale et s'établissant en vous afin de couronner vos expériences. Nous nommons force solaire le rayon descendant directement des Soleils de toutes les divisions universelles ; il est sous l'autorité du rayon atomique. Quant à la force cristalline, elle nourrit tout individu par l'énergie émise des Maîtres Cristaux placés sous le grand faisceau du Cristal de l'Île Centrale. Toute source d'énergie spécifique dépend de l'Île Centrale. La référence primordiale (rayons solaire, cristallin ou atomique) diffuse un rayon teinté en permanence des spécificités respectives de la Source principale (idées du Sans-Nom) placée dans les Cercles atomiques de Vie.

Ainsi, les forces d'amour, solaire et cristalline sont à chaque instant nourries par l'Île Centrale. Il ne peut donc y avoir un manque d'énergie dans la redistribution de celles-ci dans notre Cercle atomique de Vie.

Pour ce qui est de la force atomique, elle se distribue toujours directement à un être en incarnation, à partir de l'Île Centrale. Seule la trajectoire du rayon peut être déviée afin de prendre de la puissance avant son arrivée et, ainsi, correspondre aux besoins réels temporels. Quand le rayon dévie de façon à s'ajuster à l'état intérieur de l'individu, la géométrie sacrée du corps ne reçoit pas assez de force pour maintenir l'harmonie primordiale. Par conséquent, il y a *chute* du taux vibratoire et expulsion du corps devenu lourd vers des dimensions en résonance… et, dans les étoiles, beaucoup sont « jetés » sur terre. L'Adam et Ève primordiaux représentent l'archétype parfait de l'homme et de la femme en union sacrée avec toutes les forces cosmiques.

Il y a deux raisons fondamentales à la « chute » humaine : la première découle d'une mauvaise gestion des flux harmoniques par des choix éloignant des esprits de leur réalité ; la deuxième vient de la volonté de ces esprits de s'éloigner de leur demeure afin d'aider leurs frères et sœurs à réintégrer leur réalité primordiale.

Dans ces deux cas, la « chute » ne représente aucune faute d'attitude et reste plutôt un choix volontaire de part et d'autre d'être soit des candidats à des expériences nouvelles, soit un groupe les aidant à revenir chez eux. Dans l'idée de chute entretenue par un corps religieux, nous ne pouvons tolérer l'idée de faute. Toute expérience, même éloignée des souhaits primordiaux, demeure au service du grand sidéral.

Le corps communautaire (corps physique et subtils) recevra plus ou moins d'énergie selon sa position au sein d'une dimension. Il est certain que si une étincelle de Vie évolue dans la première dimension, sa dose de nourriture céleste sera moindre. En parvenant dans la quatrième dimension, son quota énergétique fluctuera donc en raison

## Premier Cercle Atomique de vie

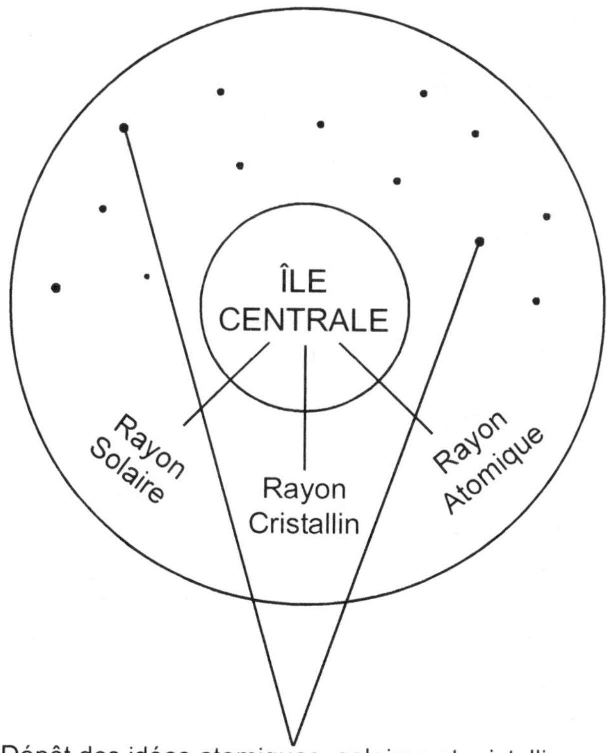


Dépôt des idées atomiques, solaires et cristallines
dans les planètes, les soleils, les sages,
les élèves, etc...

du réalignement des triangles sacrés. Aujourd'hui, une partie de votre humanité souhaite quitter la troisième dimension ; tout naturellement, les flux cosmiques s'amplifient, d'où les décalages de taux vibratoires entre vous. Une fois les circuits rétablis et les triangles sacrés de nouveau opérationnels, les forces spécifiques de l'Île Centrale descendent en vue de s'installer dans la géométrie sacrée du corps en mouvement. Nous pouvons en définitive déceler les étapes suivantes :

- l'augmentation du taux vibratoire,
- la réharmonisation du corps communautaire,
- le rétablissement des flux d'énergie de la géométrie sacrée,
- l'arrivée avec puissance de la force atomique au sein de cette unité retrouvée,
- l'installation des rayons spécifiques de l'Île Centrale dans des points stratégiques du corps physique afin d'agir avec leurs lois propres.

La Loi de Vie peut devenir action, mouvement permanent et établi. L'individu, homme ou femme, recevra la proposition d'être couronné et d'ascensionner ou de servir un court temps encore avant sa consécration sans profiter de sa force nouvellement acquise. À nouveau établi dans sa géométrie sacrée, il retrouve tous ses pouvoirs. Sa carrière antérieure a servi de tremplin pour son installation dans cette nouvelle force et ses débuts dans cette carrière également. Suivant son appartenance au mouvement ascendant ou descendant, les propositions d'évolution varieront.

L'orientation solaire (devenir solaire, être maître de rayon, assumer la responsabilité d'une planète ou d'un système solaire) sera proposée au mouvement ascendant de préférence. Les charges administratives, d'équilibre interplanétaire, intersolaire, l'application des lois, l'harmonie des sons, des couleurs, des relations entre les groupes de maîtres seront sous la responsabilité du mouvement descendant. Pourtant, les Êtres couronnés issus des deux mouvements travailleront ensemble à l'équilibre global du sidéral.

Les Maîtres d'information, de la science, transmettront leurs découvertes aux Êtres couronnés ayant réussi à fusionner dans leur carrière (mouvement descendant s'unissant au mouvement ascendant formant alors un couple couronné). *Vous trouverez l'étude de ces mouvements dans* L'Être solaire, *volume IV de mon enseignement.* La géométrie sacrée reste le support idéal pour transmettre la fluidité parfaite de l'énergie primordiale. Nous pouvons aussi distinguer plusieurs types d'énergie :

- l'énergie primordiale à l'origine de l'expansion de la Vie, énergie nourricière,
- l'énergie différenciée apportant une partie de l'énergie nourricière,
- l'énergie issue d'un secteur universel portant les lois dudit secteur,
- l'énergie solaire,
- l'énergie atomique, rayon spécifique de l'Île Centrale,
- l'énergie planétaire,
- l'énergie humaine.

Toutes ces sources d'énergie s'associent afin de créer l'harmonie sidérale. En franchissant le seuil entre l'état de mortalité et celui de l'immortalité, toutes ces sources énergétiques s'uniront au centre de vous-même : le cœur. Chacune utilisera l'un ou l'autre des circuits fluidiques (du sang, de la lymphe, du système nerveux, des glandes, et d'autres encore). En tout cas, vos portes intérieures joueront les régulatrices afin d'équilibrer ces sources de manière que l'apport d'une énergie soit égal à un autre.

Vos triangles sacrés forment une géométrie bien précise intérieurement et extérieurement. Celle-ci est parcourue par les sons et les couleurs. L'ensemble de cette construction de triangles sacrés intérieurs et extérieurs parcourus de sons et de couleurs donne naissance au cristal parfait ou diamant.

L'identité cristalline prend vie à ce moment-là. Il est

bon de préciser que l'identité cristalline reste pour l'instant dans l'ombre de cette grande naissance et sera étudiée, développée et maîtrisée plus tard, quand les cercles solaires s'installeront à la suite des Cercles atomiques de Vie.

Actuellement, nous recueillons tous les germes d'identité (christique, solaire, cristallin et atomique), mais tous ne sont pas activés de façon à attendre le support de vie idéal pour le développement spécifique de chacun. Dans les Cercles atomiques de Vie, nous amenons à la maîtrise l'identité christique, base des autres identités. L'identité atomique englobera toutes les identités ; précisons que chacune possède sa propre géométrie sacrée et ses circuits d'influence. Scientifiquement, la division des particules, des ions, des atomes, des protons, des neutrons, etc., est sous l'influence de l'un ou l'autre de ces circuits. La science de votre corps communautaire est donc à la fois simple et complexe, répondant aux stimuli des sources d'énergie diverses et en même temps à l'harmonie de celles-ci entre elles.

Voici une autre explication de vos désordres intérieurs : quand une source d'énergie est plus importante qu'une autre, il y a dysharmonie corporelle. Dans l'avenir, nous vous apprendrons à utiliser consciemment toutes les sources d'énergie selon le besoin du moment, sans rompre l'harmonie globale des sources. Doucement, nous vous aiderons à comprendre les lois agissant sur votre corps. Avant toute chose, vous êtes des enfants sidéraux ; en réinstallant cette conscience, vous pourrez rouvrir une porte importante dans votre corps communautaire et recevoir une nourriture adombrant toutes les divisions de particules.

Les formes d'aliments proposées aujourd'hui à votre corps détruisent les circuits d'énergie et vous éloignent de l'harmonisation du corps communautaire (corps physique et subtils). Votre géométrie sacrée ne remplit pas son rôle et ses circuits sont presque entièrement désactivés. Je ne peux ouvrir ce cinquième tome d'enseignement sans aborder en priorité la géométrie sacrée du corps, reflet de l'état de santé du corps communautaire. Voici pourquoi nous diligentons un groupe d'hommes et de femmes de votre planète en vue de travailler à la restauration des circuits sacrés. Nous les appelons les nouveaux médecins. Nous tenons à vous avertir que les anciennes méthodes de soins seront dépoussiérées des besoins égotistes de certains. Aussi, ne vous étonnez pas de constater que certains ouvriers de la Lumière se prétendant maîtres en achetant des initiations perdent leur pouvoir d'intervention. Un grand coup de balai sera donné au sein de l'énergie Reiki qui, actuellement, véhicule surtout un intérêt égotiste et financier. Par conséquent, si cette forme d'intervention et d'harmonisation vous attire, attention à votre rencontre avec un maître.

Au cours de l'année 2004, nous désactiverons beaucoup de « maîtres » actuels. Nous procéderons ainsi dans d'autres groupes d'énergie, mais notre principale intervention se rapportera à l'énergie Reiki. On n'achète pas un pouvoir sur autrui. D'accord, vous devez vivre, et en cela nous vous soutenons, mais les abus ne sont plus tolérés. Cette médecine énergétique, importante, perd ses lettres de noblesse et devient un sac fourre-tout au service du besoin de paraître. Comme un nombre important d'hommes et de femmes s'éveillent au service, leur vieux rail du paraître se manifeste parallèlement à cette volonté de servir les autres.

Avec l'activation de la géométrie sacrée du corps, ce phénomène de société humaine s'amplifie. Aussi, je vous invite à la prudence et à l'observation des attitudes dudit « maître » : est-il mû par un profond amour de l'autre ? Est-il à votre écoute ou arrive-t-il jusqu'à vous en manifestant une attitude laissant transparaître une supériorité ?

Un véritable maître demeure simple de cœur et d'esprit tout en ayant une notion profonde du service. Vous avez aussi remarqué combien cette période accorde de l'importance à l'argent ! Cela aussi sert de référence dans le choix d'un maître.

Vous ne devez jamais donner l'accès de votre géométrie sacrée à un être cherchant l'enrichissement sur le dos de ses frères et sœurs, bien que, je le répète, nous soutenons tout esprit sérieux au service de la Vie. Mais si vous pensez qu'en déboursant des sommes considérables vous devenez « maître », vous vivez là *une grande illusion*. La période présente offre un terrain extraordinaire pour l'expulsion de tous vos travers. Plus que jamais, restez vigilant quant à vos choix et vos motivations.

J'aimerais vous indiquer un repère dans cette période de troubles où tout est possible : regardez d'abord l'émanation de l'être à qui vous allez confier votre devenir, établissez vos priorités et analysez si ce que votre regard-sentiment-pensée recueille à propos de cet être correspond à vos priorités. Ensuite, si l'argent devient une source d'écueil (par des honoraires trop élevés), alors passez votre chemin ; la Vie mettra bien sur votre route un être au réel service de la Vie.

Les abus présents sont le signe de l'épuration du regard-sentiment-pensée et du retour de la fluidité dans la géométrie sacrée du corps, mais la vigilance, le but et la persévérance sont davantage d'actualité que par le passé. Les attitudes erronées se trouvent dans la subtilité de la pensée et vous êtes placé devant le plus grand piège de la personnalité. Cherchez le rayonnement de l'Être et ressentez la qualité de sa lumière, de son amour.

Aujourd'hui, une multitude d'hommes et de femmes prétendent être des maîtres. *En vérité, un maître se dit élève*. La différence majeure se situe dans la manière de se présenter à la Vie.

En somme, la maîtrise s'acquiert par degrés et par un effort permanent sur soi. Une initiation achetée n'a pas de valeur au regard de la Vie. Vous achetez un titre honorifique et rien d'autre ! La Vie confère la maîtrise de soi sans référence au dieu égotiste : l'argent roi.

Afin de vous aider au mieux présentement, nous insistons sur les qualités d'être suivantes : l'écoute des autres, le don, le partage, l'amour, la tolérance, le pardon et la compassion. Ces attitudes ouvrent les voies d'accès à la géométrie sacrée. Si je vous parle aussi clairement de ces accès, peut-être prendrez-vous conscience de votre royauté, toujours présente mais endormie telle la Belle au bois dormant. Comprenez bien qu'aucun maître, si grand soit-il, ne peut vous rendre votre grandeur d'être. Seul le travail effectué sur votre regard-sentiment-pensée engendre le rayonnement de l'Être.

Les maîtres dignes de ce nom observeront la progression de votre regard-sentiment-pensée et vous aideront, par des mots choisis, à entrer plus profondément dans cette étude. Ils canaliseront vos efforts, tempéreront vos réactions ou vous encourageront mais ne feront pas le travail à votre place. Dans tous les cas, ils respecteront vos choix même si ceux-ci vous éloignent de votre but. Il n'y a pas de mauvais choix ni de choix juste ; il n'y a qu'un choix dans une séquence de temps donnée ouvrant ou fermant des portes facilitant ou non votre progression, et rien d'autre. Aujourd'hui, le réveil du regard-sentiment-pensée engendre une flopée de faux maîtres.

Maître est un titre désignant un être parvenu à la maîtrise de son Soi. Jusque-là, il est un apprenti, un élève, un prétendant à, mais pas un maître. Les rites d'initiation auxquels vous vous pliez ne sont rien d'autre qu'une autorisation à approfondir un état d'être supérieur. Aussi, je vous invite encore à modifier votre regard par rapport à cela. Pouvez-vous concevoir comment vos portes intérieures réagissent aux formes subtiles du besoin égotiste de vos partenaires élèves d'eux-mêmes ?

Trop peu d'entre vous parviennent à un seuil d'autorité sur leurs énergies.

Le contact avec vos amis élèves chahute votre stabilité intérieure. Le regard de l'autre est un véritable mal de la société présente. On vous entraîne (on ne vous force vraiment pas dans ce jeu de rôle) à paraître, c'est-à-dire à sortir de votre centre intérieur. Vous voici projetés dans une spirale vous éloignant de votre équilibre. Comme votre géométrie sacrée va de nouveau être activée, nous vous invitons à la prudence quant il s'agit de remettre entre des mains extérieures votre potentiel intérieur. Si l'élève maître de lui-même est parvenu à un palier d'équilibre sur les plans mental, émotionnel et de son esprit, alors il y aura un échange équitable, mais si l'élève maître de lui-même commence seulement son travail sur le Soi, alors l'échange ne pourra porter de fruits viables. Actuellement, beaucoup d'esprits incarnés sont appelés à rentrer au centre du Soi, mais peu y parviendront. Pourtant, je vous le dis : si vous ouvrez vos portes intérieures n'importe comment, sans discernement, sans sentir si cela est bon pour vous ou non, les désordres engendrés pendant ces échanges seront partagés entre les élèves et vous, car vous êtes responsables de vos énergies, de vos choix, de vos pensées, de votre équilibre, de votre ouverture de conscience ou non et de votre géométrie sacrée.

Le jeu de cette société s'effondre ; attention de ne pas faire partie de ce voyage-là. D'accord, nous avons besoin de toutes les personnes de bonne volonté ; toutefois, vous pouvez les identifier par la lumière de leur aura, de leurs yeux et par leurs choix de vie. Méfiez-vous des hommes et des femmes qui se font appeler « maîtres » et se remplissent les poches au détriment des vôtres. Ne remettez pas votre pouvoir à n'importe qui. Soyez vigilants, devenez maîtres de vous grâce à cette vigilance. La maîtrise de soi commence dans les petits riens de tous les jours. Vous pouvez côtoyer un être uniquement afin de recueillir une somme d'informations plus ou moins importante dans le but de vous élever. L'aide est réelle, à condition de ne jamais oublier votre pouvoir de décision. Si vous n'êtes pas satisfait d'un contact avec un autre esprit (ne l'appelons pas maître !), changez sans hésiter. Cette planète porte trop peu de réels maîtres d'eux-mêmes ; la présente période favorise l'éclosion de l'agrandissement du cercle des maîtres. Vous pouvez en faire partie certes, mais à la condition d'être vigilant, et de conserver votre pouvoir de décision sur les interventions extérieures. Votre énergie et votre géométrie sacrée ne s'en porteront que mieux. Aujourd'hui, un grand nombre d'apprentis sorciers ne réalisent pas leur inexpérience et ne savent pas quelles énergies ils manipulent. Observez, observez ! Après, vous pourrez effectuer vos choix et entreprendre une étude ou recevoir des soins.

Parlons un peu des soins. Par ce terme, nous entendons : *je remets mon pouvoir entre les mains d'un autre esprit.* Pourtant, personne n'est apte à vous guérir, sauf vous ! En acceptant de recevoir un apport énergétique extérieur sous une forme ou une autre, vous commandez à vos portes intérieures de s'ouvrir et de s'aligner afin de recueillir un apport d'énergie de façon à élever provisoirement votre taux vibratoire et à vous permettre ainsi de franchir un seuil nouveau dans votre approche de la Vie. La compréhension des Lois de Vie offre la possibilité à vos flux et à vos marées, à vos portes, à votre géométrie sacrée de s'articuler autrement et de se réaligner sur le schéma originel de l'esprit maître de lui-même, voilà tout ! Toutes les interventions extérieures servent ce dessein divin. Un livre, une conférence, un sourire, une main tendue, une parole, tous entrent dans cette notion de service envers les autres.

Je n'ai pas de pouvoir sur vous, sauf si vous acceptez que mon enseignement apporte une source de lumière à votre compréhension des Lois de la Vie. Je porte en moi une qualité de la Lumière de Vie en mouvement dans les Univers, mais si vous la refusez, je n'ai aucun moyen d'intervenir dans votre vie. En cela, tout est juste et bon. Le respect entre nous se situe là. Aussi, je vous appelle à être encore plus respectueux envers vous-même et à vous défier du fleurissement trop intempestif de ces faux maîtres.

Pour terminer ces réflexions sur l'énergie Reiki, nous mandatons une très belle âme pour recevoir les symboles nouveaux de cette forme d'intervention et poser les racines de l'ancrage des paliers d'approche de la maîtrise de cette énergie. Ainsi, au cours de l'année 2004, il n'y aura pas qu'un seul degré de maîtrise, mais sept paliers d'accès à ce désir de devenir maître de soi et apte à œuvrer avec la force Reiki, fleuve de Lumière au service de l'humanité. Il faudra attendre d'avoir franchi le cinquième palier de la maîtrise pour avoir la possibilité d'initier un autre esprit à l'énergie Reiki. Nous avons choisi, en accord avec les anciens Maîtres Reiki, le Bouddha primordial et Milarepa, cette approche par paliers afin d'endiguer les méfaits recensés actuellement. Votre géométrie sacrée a trop d'importance pour que nous nous abstenions d'intervenir. Nous ne pouvons pas laisser cette décadence se propager plus longtemps. Notre amour envers vous nous pousse à contrecarrer les apprentis sorciers.

J'avoue être à l'origine des changements radicaux d'accès à cette forme d'approche de soi-même. Nous envisageons d'autres changements dans divers secteurs et désactiverons des sources d'énergie ; toujours de manière à contourner cette marée noire de l'ego préhumain. On ne s'empare pas d'un pouvoir pour jouer à *être*.

Il faut *être*, afin de recevoir l'autorisation de retrouver ses pouvoirs.

Nous vous invitons à reconnaître qui vous êtes, puis à *être*. Dans cette progression en vous-mêmes, votre cheminement participera au dépouillement de votre besoin d'agir à tout prix. Doucement, vous franchirez des pas décisifs les uns après les autres et votre besoin de paraître s'estompera. Présentement, avant son entrée dans la phase humaine, l'ego préhumain est en phase excessive d'agitation. Toutes les déformations de l'esprit sont visitées ; ne vous leurrez pas, vos pas rencontrent les miroirs idéaux. Comme vous n'êtes pas des maîtres, vos reflets ne sont pas des maîtres mais l'image parfaite de vos distorsions de compréhension. Alors, si vraiment vous souhaitez devenir maîtres de vos circuits d'énergie et rétablir votre géométrie sacrée dans la Lumière primordiale de votre schéma d'esprit réalisé, OBSERVEZ !

# DEUX

# RENDRE GLOIRE AUX PAYS D'AFRIQUE ET À LEURS VIERGES NOIRES

Votre deuxième point fort dans le corps physique (le premier étant au cerveau) se situe dans la région des trois premiers chakras, là où demeure le serpent de lumière lové à la base de votre colonne vertébrale. Cette force vitale ne s'approche pas n'importe comment ; il y a même du danger à la réveiller avant d'avoir soigneusement préparé votre temple. Son énergie est telle, que la kundalini pourrait vous « brûler » et causer des dégâts considérables. Les grands Sages connaissent son pouvoir et remettent son éveil à une autre vie si le candidat n'est pas assez préparé. Cette force, déposée par les Maîtres du Feu, représente justement une extériorisation de leur pouvoir. Par conséquent, on ne joue pas avec elle mais on s'en approche avec vénération et respect.

Aujourd'hui, et toujours en vous observant, des apprentis sorciers peu soucieux de votre devenir tentent par tous les moyens de l'éveiller ; ceci représente un grand danger dans votre processus de rétablissement au sein de l'énergie primordiale. Comprenez enfin que nous sommes nombreux autour de vous et que nous vous dirigerons le moment venu vers un maître digne de ce nom afin d'accomplir ce réveil ; souvent, nous agirons même directement. L'Esprit ayant tout pouvoir, vous pouvez vous en remettre à lui dans votre intimité.

Ces années passées vous ont vu chercher des maîtres dans l'espoir de recevoir l'aide nécessaire dans vos passages difficiles. Désormais, vous n'êtes plus obligé de parcourir les chemins. Toutes les conditions sont rassemblées pour que vous viviez ces moments chez vous avec l'appui de vos guides intérieurs (les Anges, les Archanges ou ces Êtres venus exprès des sphères supérieures).

J'aimerais m'entretenir ici de ces guides, toujours en me référant au passé, de ces êtres qui évoluaient dans les plans immédiats de votre planète. Les plus proches de vous sont les âmes fraîchement désincarnées. Ils remplissaient le rôle de guide quand leur conscience d'elles-mêmes intégrait la dimension de l'Esprit. Les Anges, jusqu'aux Archanges, appuyaient cette guidance ; des esprits hautement évolués l'assumant rarement. Or, maintenant, étant donné l'importance des événements, nous avons vu se diriger vers vous tout un cortège d'essences différentes accompagnant les âmes désincarnées et la famille des Anges. En effet, de grands Maîtres occupent cette fonction comme des esprits descendants. Comprenez-vous pourquoi ? Au cœur même de votre humanité, l'Esprit pénètre des zones élevées de lui-même. Aussi devient-il nécessaire de recevoir des guides pouvant remplir leur rôle en toute connaissance.

Cet afflux de lumière en provenance des univers, voire des divisions administratives supérieures, ouvre de nouveaux champs d'influence. Les pionniers de votre humanité ne s'y sont pas trompés, ils les explorent déjà et y travaillent en vue d'ouvrir des voies pour les hommes et les femmes. Les Sages du Super-Univers étudient vos réactions et vos créations, mais le plus intéressant reste sans nul doute le retour des Maîtres du Feu autour de votre planète. Leur proximité réactive le feu lové au bas de votre colonne vertébrale. Par cette activation, vous aurez le choix d'agir. Il faut savoir ceci : le stimulus de la kundalini peut se traduire par une débauche d'activité sexuelle mal comprise vous entraînant loin de son épanouissement. Vos anciens moralisateurs ayant fermé votre accès à cette énergie colossale, sa réouverture donnera probablement lieu à des attitudes tout aussi erronées.

L'énergie sexuelle n'est pas synonyme de débauche sexuelle ; jouer avec sa sexualité veut simplement dire reconnaître cette force et la diriger, soit la maîtriser. La respiration et la conscientisation de cet acte redeviennent donc une priorité. La respiration dirigée et consciente pendant l'acte sexuel amène cette énergie le long de la colonne vertébrale, revitalise les centres ou chakras et répand ainsi la force d'amour dans toutes vos cellules. Ainsi, vos corps physique et subtils s'harmonisent entre eux. Vous répandez la force d'amour dans tous vos flux et vos circuits énergétiques. La force sexuelle adombrée par le Feu nourrit la force solaire en vous. Quand le serpent de lumière oscille à sa base, il envoie des faisceaux lumineux et établit un triangle sacré entre lui, la rate et le foie, soit la deuxième fleur d'Esprit.

La rate, appelée également « petit Soleil », unit sa force solaire (intraterrestre) à celle du foie (extraterrestre) et à l'attraction terrestre (le chakra sacré). Ces énergies émettent d'autres triangles, non plus à l'intérieur du corps mais à l'extérieur. Pendant l'élaboration de ces formes géométriques, vos sentiments seront grandement remaniés, dépoussiérés et repolarisés. Tout votre travail préalable facilitera considérablement cette période. Vous devez être des observateurs de tous les remous occasionnés par la kundalini et ne pas en être victimes. Tous les vieux démons se trouveront réactivés et expulsés. Si votre conscience du processus n'est pas assez ancrée, vous risquez alors de connaître une simple poussée de la kundalini et non l'allumage et l'installation de la force du Feu à l'intérieur de vous. La kundalini est le Feu intérieur ; on ne joue pas avec elle.

En ce moment même, notre regard croise un flot impressionnant d'esprits encore trop faibles attelés à ce travail de la force du Feu intérieur. Nous savons d'ores et déjà que nous devrons les aider à se guérir de ces tentatives infructueuses. Si on vous propose un stage afin de réveiller votre kundalini, surtout ne répondez pas ! Écoutez-nous : il en va de l'avenir de votre âme et de votre esprit ! La sagesse réclame la patience dans ce haut exercice de maîtrise de soi.

Tout ce qui touche à l'énergie Feu doit impérativement rester sous l'autorité des véritables Maîtres d'eux-mêmes.

Revenons à la formation de ce nouveau triangle sacré, car nous avons encore un enseignement à donner. Une fois activée cette géométrie entre les chakras sacrés, de la rate et du foie, vient la deuxième étape (*imaginer le corps de profil aidera à visualiser ici les lignes suggérées*), celle où ces chakras émettent alors chacun un faisceau de lumière se rejoignant à environ 1 m ou 1,50 m devant votre corps. Puis la même configuration se dessinera à l'arrière du corps. Ces deux points de convergence obtenus se situent au centre du triangle d'émission (*vu de face*). Finalement, un rayon jaillira du centre sacré et descendra jusqu'au premier chakra en dessous de votre aura. L'énergie Feu s'ancre de cette manière, revitalisant la Terre et la remerciant de tous ses efforts émis envers vous dans le but de cette réalisation. L'énergie solaire intra et extra-terrestre retourne à la Terre ; partie intermédiaire entre les deux sources.

Il est peut-être intéressant d'élargir la conscience de la VIE sur cette planète. En effet, jusqu'ici vous ne pensiez qu'à une seule zone de vie possible : sa surface extérieure. Avec les précédents ouvrages, j'ai agrandi votre conscience en l'emmenant au centre de la Terre. Je vous ai expliqué la grande loi universelle du *autour-sur-dedans*, trois points immuables de l'approche de la conscience globale d'une donnée. Alors, écoutez ceci : la Vie se meut à la surface extérieure de cette planète (votre zone d'habitation) en poursuivant sa progression à l'intérieur de la croûte terrestre (deuxième zone), où résident des êtres hautement évolués (il s'y trouve également des bases, très proches de la surface, habitées par des extra-terrestres peu enclins à l'Amour et à la Lumière de Vie) et dans la troisième zone, le cœur de votre sphère de Vie. Vous abritez trois secteurs forts de Vie.

Au centre d'Urantia Gaïa, les habitants vivent en canalisant les forces solaires. Dans la croûte terrestre, les esprits résidents se sont préparés de manière à recevoir les rayons atomiques de Vie provenant du *Soleil Central.* Lorsque vous, à l'extérieur, aurez préparé ce corps, vous canaliserez les rayons solaires et atomiques de toute provenance. Oh, je vous rassure, il vous faut encore du temps !

Surtout ne prenez pas peur, nous vous enseignons déjà ce qui a trait à ces futures réalisations. Encore une fois, nous déposons ainsi dans vos esprits, vos auras, comme dans ceux de la Terre, les germes des temps à venir. Le *Soleil Central* a de grands projets pour vous ! Autant vous y habituer dès maintenant.

La vie à l'intérieur de la croûte terrestre est différente de celle du centre ; son énergie provient des Cristaux. L'existence y intègre la conscience humaine et celle des Cristaux. Par la présence de ces éléments, les êtres qui y vivent sont devenus une prolongation de leur rayonnement. Ce sont de grands bâtisseurs, l'architecture de leurs villes vous étonnera par sa beauté. On peut comparer leurs œuvres à vos grandes cathédrales, pourtant la matière en demeure fort éloignée. Leur pouvoir de concentration permet de canaliser la lumière Cristal et de lui donner forme. Ils vivent par, avec et dans l'énergie/lumière du Cristal. Ils ont établi une base solide afin d'ancrer le rayonnement du Maître Cristal qui, je peux le dire ici, vient de fusionner avec les entrailles d'Urantia Gaïa. Il émet désormais sa lumière, sa force et travaille à fissurer la chape de plomb posée sur la vitalité de votre sphère d'accueil.

Ce travail commencé, vous allez irrémédiablement vers votre couronnement. Rappelons ici que les nouveaux rayonnements du Maître Cristal et du Grand Constructeur proclament la croissance de la conscience sidérale. Votre planète ne sera pas la seule bénéficiaire de ces apports. Nous sommes tous concernés par ces grands événements. Dans l'instant, vous n'enregistrez pas de forts changements et il vous semble même continuer à vivre comme par le passé.

Aussi, entendez ceci : les vibrations, la lumière de ces deux rayons agissent en premier sur et dans la structure des cellules de votre sphère de Vie. Puis, leurs effets porteront sur la structure de vos cellules. Finalement, le travail corrigera la trajectoire des faisceaux de lumière émis de toute part et de toute source d'Urantia Gaïa afin d'agrandir la conscience. Ainsi, l'identité solaire de cette terre émergera totalement, puis viendra sa partie atomique.

Le cycle sera à ce moment-là complet grâce à la présence des rayons de l'identité cristalline, de l'Amour par la venue des Bouddhas, et du Christ cosmique à intervalles réguliers. Votre sphère de Vie émettra définitivement les faisceaux de la lumière solaire, atomique, de l'Amour et du Cristal. Partant, la matrice Ombre/Lumière s'éteindra et Urantia Gaïa sera proclamée Fille divine, empruntant dès lors le parcours correspondant à cet état.

Vous participerez pleinement à cela. Vous êtes amateurs de science-fiction ? Alors, vous vivrez la plus belle science-fiction jamais rêvée. Elle deviendra réalité, mais pas n'importe laquelle, car ce sera le plus beau des songes, le rêve du rêve ! Les entités résidentielles de l'intérieur de la croûte terrestre vivent plus près du cœur de la Terre que de votre zone d'habitation.

Des couloirs mènent à elles ; ils sont gardés par celles qu'on nomma les Vierges noires dans votre histoire passée. Autour d'elles, des hommes de garde répondent à toutes leurs sollicitations. Leur sagesse englobe la vision du passé/présent/futur. Dans la période de grands troubles que vous avez connue, leur connaissance du passé/présent/futur détermina la pose volontaire d'un voile sur votre mémoire afin que vous traversiez en paix cette période. Actuellement, elles allègent cette opacité afin de reprendre leur place dans vos vies. Les anciens tunnels menant au cœur des cités souterraines sont obturés, d'autres salles et entrées s'installant désormais. Ces sœurs créeront des sas d'énergie et participeront à la revitalisation de la Terre. Le secret de leur existence bien gardée a permis à votre humanité de vivre pleinement ses désordres intérieurs.

Les Vierges noires forment une confrérie féminine dont le point de départ se situe en Afrique. Encore une raison cachée des persécutions vécues par les peuples y résidant. Les enjeux de ce continent dépassent le cadre des tracasseries politiques et financières. Il faut ajouter à cela que les grandes aspirations de l'Esprit, les contacts extraterrestres, la naissance de toutes les grandes confréries au service du devenir d'Urantia Gaïa et les civilisations prirent naissance en Afrique. Cette grande entité transmit le flambeau à la France sur la demande de Jésus. Dès lors, la France est devenue le berceau des futures naissances primordiales de l'Esprit sous toutes ses formes. Les Vierges noires présentes dans ce pays s'activent dans le but d'offrir une matrice vierge où l'Esprit s'expansera et nourrira Urantia Gaïa. Certains grands sites sont sous haute surveillance des autorités reconnues ; intérieurement, une fébrilité les avertit de leur future et proche déchéance. Tous les faux pouvoirs s'écroulent.

Depuis la venue des premiers esprits sur cette planète, leur conscience progressa par cercles, expérimentant les limites, les troubles et le renoncement, soit tous les états appartenant à la non-Lumière de Vie.

Toutefois, il reste intéressant de comprendre que chaque cercle en engendre un autre, chacun ayant pour mission d'élargir la conscience incarnée de façon à l'amener au moment attendu, qui consiste à recevoir à nouveau la Lumière de Vie mais, cette fois, en incarnation. Aujourd'hui, vous parvenez à ce moment. À chaque cercle expérimental d'une progression de l'Esprit, vous avez vécu des descentes en « enfer » puis des remontées spectaculaires dans la compréhension des Lois de la Vie.

Des périodes d'épanouissement sont alors apparues, tout comme l'usage de médias et de la bombe atomique, cependant la compréhension n'a jamais été à ce point. Précisons tout de même que je n'englobe pas ici les gardiens de la Connaissance ni les maîtres temporels ayant laissé leur nom dans l'histoire. Je fais plutôt référence à la conscience de la multitude, à l'humanité.

Les Vierges noires canalisent et travaillent à votre harmonisation des trois premiers chakras. Je souhaiterais, à cette étape, faire une révélation : les Templiers de Malte sont sous l'influence des Vierges noires. Alors, pourquoi *Vierges noires* ? Tout simplement en référence au berceau de ces gardiennes de la Connaissance. Au début, il n'y avait que des entités féminines noires, puis ces femmes étendirent leur juridiction jusqu'à d'autres pays. Nous y trouvons aujourd'hui un large échantillon de races. Le développement du pouvoir suprahumain fut initialisé sur le continent africain. De belles âmes et de beaux esprits y demeurent toujours, conservant les mouvements distincts des possibilités transcendantales de l'Esprit.

Les confréries initiales et initiatiques perdurent, cachées certes mais bien vivantes et actives, pas forcément sur le plan physique ; certaines agissent présentement par télépathie. Tous leurs membres ne vivent pas que sur le continent africain ; néanmoins, ils sont soutenus et guidés depuis l'Afrique. Pour la petite histoire, un membre d'une confrérie le restera d'une incarnation à l'autre. Il est accompagné avec assiduité dans son cheminement afin d'aller jusqu'à la réalisation de son engagement. Certains n'y parviennent que dans les temps présents. Toutes les confréries servent la Lumière. Encore une chose : les mouvements servant l'Ombre et l'ombre de l'Ombre ne portent pas le nom de confrérie, du moins chez les êtres initiés.

Revenons encore un peu au continent africain. Il est le berceau des premières réalisations de l'Esprit. Voici pourquoi nous y installerons une école importante traitant des divisions administratives. Un lien particulier se tissera entre l'Afrique et la France, qui, elle, accueillera une école traitant des réalisations possibles de l'Esprit. Sur le plan de l'énergie, la France est le premier enfant de l'Afrique.

Oui, par le passé il y eut des expansions de la connaissance cosmique sur les autres pays d'Urantia Gaïa. Mais avant le passage du Maître Jésus, l'Afrique gardait son flambeau. Elle ne sera plus la lumière dirigeant les esprits de la planète ; cette responsabilité fut donnée à la France il y a deux mille ans, d'où cette *première* naissance. Cependant, ce continent va vivre un nouveau rôle qui se dessine doucement, mais nous en reparlerons au moment opportun. Nous espérons qu'à la lecture de ces lignes vous rendrez à l'Afrique tout le respect qui lui est dû. Non seulement le respect mais également sa dignité d'être. Elle qui vous a nourris, guidés, vous l'avez épuisée en lui volant sa richesse. Je fais allusion ici à ses richesses bien physiques : l'or, le diamant, etc. Heureusement, ses principales ressources ne sont pas accessibles aux hommes.

Sa structure géophysique permet le développement de l'Esprit. Aussi est-il peut-être temps de cesser de piller cette terre alors qu'elle a déjà tant donné. Vous pouvez commettre des actes de cruauté envers son peuple et son sol, mais vous ne pourrez jamais détruire la lumière de leurs cœurs et de leurs esprits. Vous avez encore de grandes leçons à recevoir de ce beau continent.

Encore une fois, votre corps physique dépend de celui de la Terre. Vos chakras reçoivent les énergies d'endroits bien spécifiques, et l'Afrique nourrit vos trois premiers chakras depuis toujours, d'où son entrée d'ailleurs dans les turbulences causées par vos efforts à vous hisser dans le quatrième chakra.

La géométrie sacrée du corps humain reflète la géométrie sacrée de la Terre Mère Urantia Gaïa. Vous voici placés dans l'obligation d'apaiser et de repolariser votre regard-sentiment-pensée afin d'installer la paix non seulement dans vos trois premiers chakras mais aussi en Afrique, tout étant intimement lié.

Nous dressons la cartographie des zones d'influence d'après votre énergie vitale. La reliance entre elles explique les remous dans ces lieux de l'Être ; comment oublier alors l'appartenance à la glaise formatrice de l'Esprit ? Afin de vous hisser des trois premiers chakras au centre d'amour, un seul mode d'accès est possible : en aimant et en respectant la Vie dans sa globalité.

Aujourd'hui, la France prend position dans l'élévation de l'Esprit sacré de la Vie. En premier lieu, son sol implante les germes et les vibrations reçus il y a deux mille ans. Les Vierges noires résidant sur ce sol s'activent afin de donner des matrices adéquates à la construction de formes expansées de l'Esprit. Dans le parcours initiatique de ce pays, une succession de situations se profilent, parfois heureuses mais, au début, plutôt douloureuses. Les vieux schémas et démons de la personnalité seront largement secoués afin de laisser place à la Lumière.

Oui, la France sera un phare et le restera longtemps. Ceci favorisera l'émergence du Plan divin. Mais, car il y a un *mais*, être exposé ainsi au regard-sentiment-pensée de l'humanité résidente sera source de remises en cause. Votre devise « *Liberté, Égalité, Fraternité* » et votre chant patriotique deviennent obsolètes en regard des événements à venir.

L'amour n'est pas au cœur de cette devise ; heureusement que l'esprit responsable de la France a, quant à lui, émis la devise suivante :

« La beauté au service de la fraternité
dans l'amour du partage. »

Nous vous conseillons de revoir votre devise populaire et votre chant de ralliement. La sagesse en serait satisfaite et favoriserait vos énergies en fusionnant les plans physique et subtils des devises. Rien n'étant anodin, croyez-moi, la France vivra mieux sa découverte d'elle-même.

La Source de Vie vous appelle dans cette transformation tout en profondeur. Le respect de la différence dans le respect de la filiation, voici le défi qui vous est lancé. Effectivement, vous vivez des aspects éloignés en apparence ; certains d'entre vous ont la peau blanche, noire, rouge, des yeux bridés, des cheveux frisés ou blonds, mais derrière ces différences visuelles, l'Esprit, lui, ne change pas. Il vit afin d'aider cette planète à devenir une étoile, et plus encore par la suite…

Aussi, je vous le dis : « L'Afrique est la souche de toutes les races vivant sur Urantia Gaïa. Elle est votre mère nourricière à tous (Français, Américains, Asiatiques, Indiens, etc.). Vous criez votre besoin de reconnaissance et une soif d'amour et de respect qui vous font tant défaut, alors rendez à l'Afrique votre reconnaissance, votre amour, votre respect. Elle a tant donné à votre création ! Sans elle, il n'y aurait pas eu de civilisations ! Urantia Gaïa émettra son harmonique ; celle-ci s'élancera dans le grand sidéral le jour où votre regard-sentiment-pensée rendra à l'Afrique ses lettres de noblesse. En la bafouant, c'est vous-mêmes que vous bafouez ! »

Le RESPECT au sein du regard-sentiment-pensée est le prochain pas à franchir. Nous vous y attendons.

# TROIS

# LA CLÉ MAJEURE DE VOTRE HARMONIQUE

La troisième fleur d'Esprit se crée quand le triangle sacré entre le chakra du cœur et les sous-chakras des yeux émet sa fluidité, sa tonalité. Le cœur, ou plutôt l'amour, adombre la vue de l'âme et de l'esprit. Dans ce processus, je vous indique la progression naturelle de ce réveil ; là aussi, nous retrouvons le triangle à l'intérieur du corps physique puis l'émission d'un triangle hors du corps, devant lui comme derrière.

Toute cette géométrie sacrée exprime la personnalité de l'entité récipiendaire ; elle se rapporte également aux lois d'harmonie du grand sidéral. L'harmonie, loi parfaite, découle de l'amour inconditionnel et génère la paix. Chaque triangle sacré rétabli dans sa fonction divine (actuellement, le flux s'écoulant dans ces circuits ne reflète pas encore l'Amour divin) se reconnaît par un spectre coloré différent d'un triangle à l'autre.

L'arc-en-ciel reste l'harmonique parfaite à atteindre. Rien d'étonnant dans le fait de trouver l'amour divinisé et la vue parfaite unis au service de l'humain. L'incarnation offre la possibilité d'extérioriser les qualités intrinsèques du divin et de les rendre humaines. Dieu qui se fait homme (femme), tel est le défi qu'il s'est lancé à lui-même à l'aube de la grande aventure. Dieu jouant, expérimentant, s'oubliant puis, enfin, se reconnaissant et s'honorant. Le grand théâtre de la Vie demeure la matrice de son idée primordiale de lui-même. Dieu *est* de naissance, Dieu *devient* par expérience. La prochaine étape consistera à *être expansion*.

La vie physique et subtile reste contenue dans un cercle. Tous les germes possibles y sont déposés. Aussi, quand le Grand Constructeur sera par expérience le grand Je Suis, il développera tous les germes d'idées. Au fil de votre exploration sur le grand théâtre de la Vie, vous donnez corps à la géométrie sacrée du Grand Architecte. Par filiation, vous possédez intérieurement cette configuration tout au long de votre parcours.

Votre principal souci fut d'incarner les lois inhérentes à celle-ci. Pour l'instant, ce circuit très particulier est en potentiel, sans grande influence réelle dans votre quotidien. Aujourd'hui, je m'efforce de réveiller votre conscience aux pouvoirs découlant de votre mise en activité volontaire de cette énergie lumière. Car il s'agit uniquement de cela. L'énergie Lumière déposée à votre naissance reste à l'état embryonnaire. En ouvrant votre pensée à sa présence en vous et en vous révélant quelques figures, j'ouvre le possible, c'est-à-dire vous voir souhaiter puis entreprendre la maîtrise de l'énergie Lumière sommeillant au cœur de la géométrie sacrée. La clé d'accès à celle-ci demeure enfouie dans la réalité et les fonctions de votre cœur physique.

Une géométrie spéciale se mettra en place quand votre regard-sentiment-pensée se placera sous l'autorité de votre volonté à servir l'amour inconditionnel. Chacun possède une clé unique relativement à sa personnalité, à son passé et à son devenir, détenue par le petit Être intérieur (logé dans une cellule sans air de son cœur). La vie intime de vos cellules conserve des informations précieuses visant à vous amener à la maîtrise des énergies de votre corps communautaire (je rappelle ici que je fais allusion aux corps physique et subtils).

Quand ce triangle sacré entre le cœur et les yeux fonctionnera en émettant un autre triangle pointé devant le corps et un autre encore, pointé derrière, un faisceau de lumière ira s'unir au Christ cosmique (l'Être occupant ce poste change régulièrement), un échange s'effectuera nourrissant votre temple (le corps communautaire) et le Christ cosmique. Jusqu'ici, sauf par des initiés, peu de lumière d'amour revenait à ce dernier. Sa dépense lumineuse d'amour doit un jour lui retourner afin de reconstituer son potentiel et de grandir en lui-même. L'échange d'énergies à tout stade de l'évolution représente la loi la plus importante d'équilibre dans les Super-Univers. Toutes les actions, du physique au subtil, sont basées sur les échanges.

On ne peut prendre sans donner, ni donner sans recevoir. Avec ou sans conscience, la loi d'échange régit toute la vie sidérale. Le respect, l'amour, la maîtrise, la tolérance, la patience et d'autres vertus sont des expressions de la loi d'échange.

Je tiens à donner une place ici plus consciente au Canada. Ce pays ancrera les racines de la loi d'échange pour cette magnifique planète. La Terre sera dans un avenir pas trop lointain la porte des échanges entre les futurs mondes. Au Canada, une ville canalisera ces énergies et nous verrons autour d'elle s'installer un groupe de Confédérés ayant la charge de construire la plate-forme d'accueil de tous les visiteurs stellaires ainsi qu'une école développant toutes les informations sur les lois d'échange scientifiques, humaines et divines. Présentement, la forêt canadienne subit de gros dégâts et un non-respect de ses propres lois ; nous travaillons à l'émergence de la restauration de ce respect et à la prise de conscience de son importance dans l'équilibre des échanges. Nous souhaitons voir prochainement diminuer de beaucoup le gaspillage et le besoin de consommation à tout prix. Nous faisons appel à toutes les bonnes volontés afin de voir émerger ces prises de conscience.

Tous les pays d'Urantia Gaïa ayant l'honneur d'héberger le groupe des Confédérés et les membres du groupe SORIA sont activement secoués dans leur endormissement de la conscience face à leur responsabilité envers la Terre et les Univers.

Je le répète encore une fois : je soutiens personnellement – le groupe SORIA m'accompagnant dans mes efforts – toutes les personnes se levant dans le but de restaurer les sentiments nobles de la personnalité, de mettre en place des groupes de réflexion et d'action visant à la restauration de la santé, de l'environnement et des cercles de paroles, de manière à briser l'isolement et à installer une haute moralité dans tous les grands groupes dirigeants (scientifiques, politiques, etc.).

Le Canada, ayant une charge morale envers les autres pays, sollicite tous ses habitants à se positionner ou à entrer en crise intérieure. L'intensité des énergies stellaires prenant racine sur ce sol nécessite un nettoyage profond du regard-sentiment-pensée que les esprits venus en incarnation pendant cette période se sont d'ailleurs engagés à vivre.

Nous avions plus de candidats que nécessaire ! Et en cas de défaillance de l'un d'eux, nous disposons d'une longue liste d'attente. Le but étant très élevé, les volontaires à l'incarnation se bousculent pour arriver les premiers. L'objectif de ces esprits diverge de celui à honorer par les esprits naissant sur le sol africain. Les premiers entrouvrent les voies d'échange et préparent ce sol afin de les vivre pleinement, les seconds font travailler le regard-sentiment-pensée de toute l'humanité et ainsi sollicitent l'éclosion de l'amour divinisé.

Le triangle sacré entre amour et vue parfaite appelle la fluidité d'approche entre tous les peuples. L'étendue vierge du Canada se présente comme la meilleure terre d'accueil pour la venue de nos frères des étoiles. Le réchauffement de la planète favorisera l'implantation de nouvelles villes sur le sol canadien. Un vortex d'énergies se formera, canalisant les forces stellaires ; ne vous étonnez donc point de rencontrer des hommes et des femmes déjà bien ouverts à la vision intérieure. Son contrat étant élevé, ce pays travaille pleinement à l'émergence de la fraternité et de la différence.

Chaque triangle sacré du corps humain est en reliance avec la personnalité et l'énergie d'un continent ou d'un pays occupant une place importante dans l'émergence des nouveaux schémas de vie. Seule l'Afrique poursuit sa trajectoire de mère nourricière au fil de la transformation dans la continuité ; le Canada rétablit un lien d'échange avec ce continent. Cela s'accentuera par des actions ciblées visant le retour du respect et de la dignité de ce peuple. Progressivement, d'autres pays poseront des actes similaires et la paix s'installera doucement sur ce sol, garantissant la paix sur toute la planète.

La paix est cernée de toutes parts, l'Esprit est menacé, ne pouvant élargir son champ d'investigation. La paix porte un autre nom et, vous le connaissez tous, puisqu'il s'agit de Jérusalem. La cité répondant à ce patronyme était désireuse de refléter la signification profonde et mystique de la Jérusalem céleste. Rien d'étonnant, dans les heures troubles des jours présents, qu'elle soit assiégée, tiraillée, revendiquée par des groupes hors de l'Esprit divin.

La pensée des hommes et des femmes ne peut plus s'épanouir dans la sérénité. Un champ d'ondes nocives empêche de descendre en soi sans perturbations. Dans ce champ, nous retrouvons les ondes émises par les téléviseurs, l'électricité sous sa forme actuelle, les satellites, les essais nucléaires, le recours à la radioactivité, les vaccins et l'usage des ondes subliminales. Tout cela contribue, avec plus ou moins d'intensité, à déstabiliser la force interne de décision et favorise la manipulation subtile de votre personnalité, don de l'Esprit, la Jérusalem céleste ! Demain vous obligera à opter pour la continuation de l'agitation ou le retour à la paix. Encore une fois, cela se fera de l'intérieur avant d'en montrer les répercussions dans le monde physique. Effectivement, nous avions la parfaite compréhension de ces moments à venir et de ces dangers, mais également de la possibilité d'établir la paix et ses visions sur un champ d'expression encore inégalé.

Chaque triangle de la géométrie sacrée contribue à l'élévation de la conscience de l'humanité au service du divin et à la pénétration de l'Esprit divin dans l'humanité. L'échange, encore et toujours, est la base existentielle primordiale et immuable. Il est intéressant ici de noter que toute entité, sous une forme ou une autre, progresse dans le grand sidéral selon un schéma préétabli. Une plante, un animal, une planète, un homme, une femme, un cristal, peu importe, cherchera à diviniser sa géométrie.

Actuellement, votre planète Urantia Gaïa tente d'harmoniser le triangle sacré correspondant au triangle de base de l'humain (chakras sacré, du foie et de la rate).

Vos troubles en tant qu'humains sont analogues à ceux des pays. Je ne parle pas des continents, puisque nous avons volontairement fractionné la terre émergée des premiers temps, ceci de façon à stabiliser la trajectoire de votre terre d'accueil. Nous avons agi depuis des vaisseaux et envoyé des faisceaux lumineux d'une fréquence particulière.

La lumière se décline sur une multitude de fréquences. Chacune aura des répercussions sur des données précises. Le faisceau de lumière dirigé afin de guérir un être ne répondra pas, par exemple, à l'harmonique du faisceau de lumière cherchant à ancrer des informations. Vos scientifiques découvriront de nombreuses applications de la lumière, mais, pour l'instant, nous retardons un peu cette exploration profonde.

Lors de cet écartement des terres, nos faisceaux déposèrent les spécificités distinctes des rayons sur les fragments. Depuis ce moment, ces terres cherchent à répondre à ces données. Nous avons procédé à cette réalité en choisissant d'abord le continent répondant au nom d'Afrique, et le deuxième grand impact eut lieu sur le sol français. Rien d'étonnant au fait que votre bassin méditerranéen attire ou repousse les éclosions de l'Esprit, puisque tous les regards des membres de votre humanité se tournent vers cet endroit stratégique.

La troisième intervention consista à fractionner un autre îlot (les Amériques du Sud et du Nord d'aujourd'hui), puis nous avons terminé par l'émission de faisceaux moins importants mais toujours aussi actifs. Les plaques tectoniques abritent encore une somme considérable d'énergies envoyées dans ces temps-là. Vous ne répondez pas au hasard d'une quelconque sollicitation. L'enjeu de cette planète fut décidé durant cette période historique. Vous agissez bien en résonance avec les schémas déposés dans le sol.

Depuis, votre sphère de Vie a changé de visage plusieurs fois. Des continents furent engloutis sous les mers, et, certains s'apprêtent à émerger. Votre planète est un être vivant, intelligent et doué d'esprit ; sa géométrie sacrée s'agite, se réveille, s'étire. Par conséquent, votre géométrie sacrée se calque sur ses évolutions.

Il est intéressant de connaître également l'origine des vides dans la croûte terrestre. Dans les premiers temps où cette planète se structurait, cette zone était très convulsée, s'élevant ou s'affaissant. La terre, être vivant, ne combattit pas les poussées de la surface. Des poches d'air bloqué se formèrent entre les parois plus ou moins profondes, puis l'activité volcanique (interne) s'ajouta et des couloirs se créèrent. Tout au long de cette formation, la planète ne porta pas d'humanité jusqu'au jour où la stabilité se dessina ; les esprits purent alors descendre afin d'habiter cet endroit.

Plusieurs humanités se succédèrent et l'Intelligence de Vie en effaça toute trace. À chaque respiration, la planète (qui se dilate à intervalles réguliers) recrée un nouveau sol et des cavités se forment couche après couche. L'activité volcanique a cours à la surface extérieure, jouant son rôle régulateur d'énergie. Aussi, y a-t-il de gigantesques grottes dans la croûte terrestre. Au fur et à mesure de la progression de l'Esprit et des enjeux des humanités, des êtres ont pénétré les entrailles de la croûte terrestre puis le centre de la planète. Leur cheminement dans les entrailles d'Urantia Gaïa développa considérablement la lumière de leurs atomes, et ils retrouvèrent en partie leur identité cristalline. Ces êtres sont les précurseurs des humanités cristallines à venir.

Savez-vous aussi que certains endroits de votre planète

ressemblent à des morceaux de gruyère pleins de trous ? Les Pyrénées en sont un brillant exemple.

Vos connaissances actuelles de la vie de votre sphère d'accueil ne sont pas une référence ; vous n'en êtes qu'à la lettre A. Sciemment, des données vous ont été rendues inaccessibles afin de laisser l'Esprit se développer de façon satisfaisante. Nous devons toujours surveiller votre progression et attendre votre arrivée à des seuils décisifs. L'humanité agit comme un corps unique ; nous y observons des carences et des zones de turbulence. L'harmonie y est absente, il n'y a pas de stabilité dans le regard-sentiment-pensée et il y a encore trop d'enjeux de pouvoirs égotistes.

Le triangle sacré de base (chakras sacré, du foie et de la rate) ne rayonne pas. Quant au triangle sacré entre le cœur et les yeux, il émet sa lumière par à-coups. Votre géométrie cherche toujours son identité sacrée. Lorsque vous aurez reconnu votre filiation universelle, de grands progrès s'enregistreront.

Voici une des raisons nous ayant poussés à vous donner un électrochoc en nous installant sur votre planète. Le temps ne joue plus en votre faveur. Depuis la création de ce lieu de vie, sa progression est sous haute surveillance ; régulièrement, les Maîtres de la matière interviennent afin d'influer sur son développement.

Chaque fois qu'Urantia Gaïa pénètre une force déstabilisante, nous envoyons soit des faisceaux de lumière, soit des sons. L'Univers évolue sur une structure géométrique attribuant une place aux êtres qui s'y trouvent. Les lois géophysiques ne permettent aucune dérogation à l'un de ces êtres (les planètes étant considérées comme des êtres à part entière). L'attraction, l'apesanteur dépendent de la trajectoire accordée.

Un collectif spécial de scientifiques surveille l'évolution de tous et a autorité sur un groupe d'intervention ; il s'agit d'hommes et de femmes parfaitement formés pour agir précisément dans tout l'Univers. Leurs objectifs concernent aussi bien les planètes, les comètes que les astéroïdes. Toutefois, si une humanité possédait autant de pouvoir que vous, alors, pour une période donnée, ils n'interviendraient pas. Dans l'histoire d'Urantia Gaïa, cette formation a agi plusieurs fois ; elle est le garant du bon fonctionnement de l'Univers, surtout durant la jeunesse de la genèse d'un corps stellaire.

Vous retrouverez la mémoire de cette famille d'intervention. Elle se divise en sous-groupes selon le besoin d'action. Les méthodes sont diverses afin de répondre à la spécificité des lois inhérentes aux corps physiques, aux humanités, aux soleils, à la pensée ou aux troubles causés par des déviations mentales.

J'ai effleuré l'identité cristalline : nous pouvons révéler que chaque chakra et sous-chakra recueille un cristal en son centre. Sa forme et le nombre de ses branches dépendent principalement de la particularité développée par les centres d'énergie. Bien sûr, ces cristaux sont sous leur forme subtile. Les plus importants sont déposés au cœur des plus grandes roues d'énergie. Oui, un chakra est une roue d'énergie s'actionnant elle-même et articulant des géométries se rapportant au degré de conscience atteint ; tout se vit par paliers. La conscience ressemble à une fleur s'épanouissant doucement. Au début, elle reste à l'état de bouton puis suit le même processus que nos amies les fleurs.

Là aussi, je trouve intéressant d'ouvrir une parenthèse sur vos fidèles amies, car leur schéma de vie se calque sur votre état de conscience. Votre pouvoir de maintenir longtemps ou non une idée en vie influe sur la volonté de ces entités, qui vous imitent par amour. Avant tout, ces créatures souhaitent appuyer vos méthodes d'existence.

Tout au début de leur arrivée, il n'existait pas de flétrissure chez elles. Un matin elles apparaissaient, puis elles disparaissaient à la fin de leur parcours uniquement en utilisant leur pouvoir d'être. Comme une partie de cette humanité a quitté son habit de lumière et est descendue dans l'expression lourde de l'être, ces entités végétales vous ont accompagné, épousant votre nouveau style de vie. Les fleurs se réjouissent de constater le retour de votre conscience à un niveau plus harmonieux. Ce progrès tant attendu leur signale la possibilité de revivre selon leur mode d'expression initial.

La dégénérescence appartient à cette errance de l'esprit dans un dédale de questions limitatives.

Les esprits de la Nature se réjouissent de cette liberté d'action retrouvée. La nature tout entière est suspendue à vos choix et s'y modèle. Vous vous privez de liberté, la nature devient esclave. Vous réagissez et tentez de redevenir maîtres de vous-mêmes, la nature se secoue et déploie les ailes de la transformation.

Le pouvoir de l'amour et du non-amour étant considérable, il transforme tout autour de lui. L'harmonie, la paix dépendent de ce choix. Certains vous disent « être ou ne pas être », moi je vous dis « *je suis amour* ou *je suis le non-amour* ». Le pivot de votre état d'être se positionne au centre de votre cœur et conditionne votre regard-sentiment-pensée.

Le triangle sacré formé par le cœur et les yeux détermine l'épanouissement du corps communautaire ; il est la clé majeure de votre harmonique.

Le regard-sentiment-pensée actionne cette clé. Le triangle de base, lui, ancre la lumière circulant dans ces trois principaux triangles sacrés. Je ne peux vous transmettre tous les triangles formant votre géométrie, mais nous en reparlerons régulièrement de façon à vous amener à intégrer ce savoir. Votre aura se modifie au fur et à mesure de l'intégration de cette connaissance. Vous vous réappropriez votre identité et ses pouvoirs sous-jacents. Est-il nécessaire d'insister sur l'importance des points majeurs et stratégiques de vos flux dans votre corps physique ?

La pensée de son état subtil de fluide emprunte tous les canaux d'énergie du corps humain afin de prendre racine. Les points stratégiques des flux sont par conséquent les plus visités, portes entre tous les canaux et à réactions multiples. Une pensée chaotique, et voilà que la stabilité de ces points, ou portes, perd son équilibre, provoquant des blocages énergétiques. La mémoire de la pensée occasionnant une stagnation des humeurs est connue par vous sous le nom de nœuds ; chez nous, il est question de « sacs mémoriels ».

Votre géométrie sacrée se verra réactivée en vidant ces sacs mémoriels, et le meilleur moyen de secouer leur structure (ils ont une forme géométrique liée à la pensée mère de ce blocage) demeure cet apport d'information visant à réactiver la mémoire primordiale de qui vous êtes, antidote parfait contre vos poisons intérieurs. Vos maladies sont les poisons distillés au compte-gouttes par les pensées viciées, erronées, déstabilisantes et contrariantes. Notre retour au centre de votre pensée amène celle-ci à se repolariser, à desserrer son emprise sur vos flux internes et, ainsi, nous participons au retour de votre santé harmonieuse.

En réalité, le mot *santé* ne convient pas ; seul le mot *harmonie* parle de la réalité dans votre corps communautaire. Dans tous les univers, l'harmonie est l'étalon de mesure d'un lieu ou d'une entité. Cherchez l'harmonie, et la maladie (dysharmonie) cessera. La maladie indique l'état dysharmonieux d'un lieu précis d'une géométrie sacrée, rien d'autre. Plus votre conscience réintégrera votre pensée, plus vous constaterez la Loi d'harmonie, ou d'échange. Les flux lui répondent en permanence ; aujourd'hui, vous sortez d'un état dysharmonieux et retrouvez la conscience de la pensée avec ses pouvoirs de création et votre responsabilité dans le choix de vos pensées.

Quel que soit le mot visité, nous reconstruisons les schémas harmoniques de vos flux intérieurs afin que votre géométrie sacrée reçoive l'adombrement des lumières solaire et atomique, deux rayons issus de la Lumière de Vie offrant des terrains, soit des champs d'expériences variées. Doucement, nous reconstituons ce que vous avez déstructuré dans la profondeur de votre séparation avec l'état primordial de l'Être, ceci dans l'intention de créer une plate-forme d'intervention où vous serez les principaux acteurs.

# QUATRE

## LES GUIDES ET LES ANGES (RÉVISION DE CES NOTIONS)

Avec l'approche de la géométrie sacrée, nous devons étudier le rôle des guides. Vous connaissez un peu la notion d'anges gardiens, mais elle reste vague. J'ai abordé la place des Anges de l'Ombre et des Anges de la Lumière. Les plus actifs étant ceux de l'Ombre, largement occupés à vous faire traverser vos zones d'ombre et d'incompréhension. Nous trouvons toute une hiérarchie dans ces deux groupes mais je ne m'y attarderai pas, le descriptif de celle-ci figurant déjà dans des ouvrages spécialisés, religieux ou non. Nous allons tout de même parler du premier niveau d'intervention, constitué des gardiens au bas de cette échelle : les Anges.

Parmi ce groupe, nous rencontrons les pré-Anges; alors, qui sont-ils ? Ce sont des candidats à la maîtrise d'eux-mêmes côtoyant les Anges et servant de guides à l'humanité restée ancrée dans les dédales du comportement ; des hommes et les femmes faisant office de gardes mais se familiarisant avec la famille des Anges. En vivant au milieu des Anges, ces entités garderont en mémoire, au cours de leur retour en incarnation, l'existence des mondes parallèles et faciliteront ainsi la connaissance. Ces êtres ne sont plus tout à fait des hommes et des femmes mais ne sont pas encore des Anges.

Oui, la famille des Anges accueille les candidats humains à l'expérience angélique. Tout choix se respecte et s'honore. La notion du service entrouvre bien des portes. Les Anges épaulent les pré-Anges et leur inculquent leurs lois d'appartenance. Au fil de cet apprentissage du monde angélique, les entités demeurent fragiles car encore sous l'influence du monde préhumain. Cette expérience demeure accessible au mouvement ascendant.

Dans *L'Être solaire,* j'explique la présence des mouvements ascendant et descendant. Les Anges et les pré-Anges reçoivent la charge émotionnelle de leurs protégés. Les pré-Anges vivent toutes les souffrances émotionnelles dans leur corps, ceci leur permet d'acquérir des notions que l'incarnation n'autorise pas, uniquement du fait de la lourdeur engendrée par un vêtement de chair.

De l'autre côté du voile, l'homme, ou la femme, n'est pas gêné par un corps. Aussi, sa conscience embrasse-t-elle la vue du monde angélique tout en épousant le ressenti de l'être incarné. Cette position inconfortable offre l'acquis complet d'une situation, sans oublier l'apprentissage du travail de guide. C'est là une autre voie afin de sortir plus vite du monde de l'incarnation et de retrouver son identité divine. Les pré-Anges agissent autant sur le monde terrestre et son humanité que sur le monde du purgatoire, lieu créé par l'Esprit de manière à pouvoir digérer les attitudes erronées en les revivant plusieurs fois. Les préhumains descendent donc dans le monde appelé purgatoire. Dans ce lieu de l'Esprit, nous distinguons plusieurs paliers de conscience, généralement en relation avec l'âge des entités. Je fais référence ici au temps vécu par un esprit dans le monde fini et non à l'âge de création. Ce laps de temps englobe toutes les incarnations.

Si nous devions placer l'enfer et le paradis dans un lieu géographique, nous pourrions retenir cet endroit de l'Esprit où s'effectue la digestion des scories créées par le ressenti humain. Il ne s'agit pas en fait d'un lieu bien précis. C'est plutôt un monde subtil situé entre le monde physique de l'incarnation et les mondes subtils des esprits maîtres d'eux-mêmes. Ce lieu intermédiaire fut décidé par vous, prit vie par vous et demeure entretenu par vous ! C'est un lieu de souffrance, car vous apprenez à y reconnaître l'origine de la souffrance. Tous les efforts tendant à la reconnaissance de sa création allègent le parcours des préhumains inconscients d'eux-mêmes. Certains l'appellent également « lieu d'errance ».

Les bouddhistes prient et agissent sur le monde de l'errance en guidant les âmes par des rituels, les libérant d'une étape, voire de plusieurs. Au fil du temps, cet entre-deux monde s'emplit considérablement, ajoutant de la lourdeur à votre planète. Les présences, de plus en plus nombreuses, créent un parasitage, un brouillage des contacts avec votre monde. Au départ, toute la hiérarchie angélique agissait sur chacun ; désormais, seuls quelques Archanges ont réussi à maintenir la conscience de leur action sur vous ou pour vous.

Chaque section angélique s'occupe de nuées d'individus. Aussi, afin de pouvoir rester actif dans votre progression, chaque groupe a fait alliance avec les Oiseaux. Généralement, la présence des colombes converge avec la pensée et l'énergie des Archanges, eux-mêmes portant la Parole de l'Esprit saint. Les trônes, les séraphins ou les séconaphins, pour ne citer que quelques-unes de ces sections angéliques, ont choisi d'autres familles d'oiseaux pour transporter leur guidance.

Je ne sais si je dois dire *à cause de* ou *grâce à*, mais toujours est-il que vous avez participé à l'élévation des oiseaux au monde de la guidance intérieure ! Ils sont devenus les intermédiaires entre vous et la famille angélique, vous envoyant par télépathie des images subjectives indiquant là votre trajectoire à modifier ou à consolider. Ce faisant, la famille Oiseaux étend son partenariat à la famille animale. Les oiseaux se sont distingués et s'élèvent de la condition animale, devenant ainsi des alliés incontournables de l'esprit en expérience.

Désormais, dans la famille des Guides, une place honorable est réservée aux oiseaux. Nous remarquons sur cette planète un nombre d'hommes et de femmes tuant ces êtres dignes de respect et d'amour, toujours à votre service et prêts à se sacrifier pour vous permettre de prendre votre envol. Il n'y a pas de bons ni de mauvais chasseurs, il n'y a que des chasseurs et des mangeurs d'oiseaux, certains par superstition, d'autres ne sachant pas trop pourquoi mais ayant des idées bien arrêtées sur cette question : « *Nous rendons un service en régulant l'espèce* », disent-ils.

Ceci m'amène à vous instruire sur l'Intelligence, et l'espèce humaine n'échappe pas à la loi suivante. L'Intelligence de Vie, n'ayant pas de limite, reconnaît un groupe ou une famille comportant un nombre trop élevé de membres et déclenche alors une épidémie tempérant cet excès. Les hommes n'ont donc pas besoin d'intervenir. Tous les prétextes évoqués pour appuyer leur désir de tuer l'autre ne demeurent que de faux arguments cachant leur besoin d'épandre le sang. En cela, ils cherchent à atteindre la personnalité de l'autre et à s'autoproclamer *supérieur à...* Ils ne cherchent que le pouvoir, les faux pouvoirs. Ils dérogent à toutes les règles du respect envers le vivant. Ce besoin de tuer démontre la peur ou la nécessité vitale de se remettre en question et de réintégrer la spirale d'élévation d'estime éprouvée envers la Vie.

Toujours dans la famille des Guides, nous trouvons un groupe occupant occasionnellement ce poste : la famille animale. Je souhaite toutefois signaler le travail considérable effectué par vos amis les Chats, grands médecins de l'homme. En effet, ceux-ci visualisent parfaitement vos désordres internes et, selon les besoins, s'installent sur les zones affectées, prélevant les énergies perturbatrices, déviant la trajectoire d'un retour d'énergie et sacrifiant même leur vie si cela devient nécessaire. Les chats occupent donc une place privilégiée dans la famille animale, soignant et agissant directement sur votre devenir. Nous remarquons la présence de la famille Chien, vous retournant votre besoin de soumettre la Vie à tout prix. Passivement et amoureusement, ils acceptent de bonne grâce de répondre à vos gouffres affectifs, oubliant leur liberté d'expression.

Chaque membre de la famille animale développe auprès des préhumains un miroir ou, si vous préférez, une image de votre laisser-aller et sa solution. Tous sont reliés à l'Intelligence de Vie et communiquent avec les mondes subtils. Votre conscience accepte facilement la notion de guides et d'anges gardiens et se tourne aisément vers les mondes subtils au-dessus de votre tête. Une partie du groupe des Guides réside pourtant dans l'intramonde et, là, nous rencontrons ceux du monde physique et ceux qui séjournent dans les dimensions subtiles de l'Esprit de Vie. Aujourd'hui, les contacts avec l'intramonde, ou les intra-terrestres, se rétablissent avec vous. En plus de leurs guides actuels, tous les hommes et les femmes désireux de grandir avec les nouvelles énergies recevront dans les trois années à venir un guide vivant sous leurs pieds. Ainsi, l'échange d'énergie sera rétabli.

Certains d'entre vous seront connectés avec des êtres vivant sur les hauts plans de l'Esprit au cœur de la Terre, d'autres avec des esprits résidant dans la croûte terrestre. N'ayez aucune crainte, les entités évoluant également dans ce secteur et ne répondant pas à l'Amour divin ne peuvent réaliser ce type de rencontre. Le seul moyen pour eux de parler avec vous reste l'approche physique. Alors, persistez dans la sérénité ; la télépathie et la guidance sont encore sous le pouvoir des êtres de Lumière. Toutefois, il arrive aussi que des êtres de l'Ombre interviennent ponctuellement pour vous garder en vie ; je parle ici naturellement des Anges de l'Ombre, partenaires actifs de la Lumière et non des « fêlés » de la tête qui se déclarent membres actifs de l'ombre. Ceux-ci sont des êtres vivant de la peur et des bas instincts des préhumains.

Un Ange de l'Ombre n'emploie aucun artifice monstrueux afin de vous faire progresser. Des préhumains recherchent le pouvoir de Satan ; en réalité, ils puisent des énergies dans un égrégore collectif autour de cette Terre. Ces énergies furent puisées initialement dans la source des Anges de l'Ombre, puis déviées et défigurées de leur charge d'action primordiale. Aujourd'hui, les rituels infernaux sont uniquement des créations préhumaines.

Les Anges de l'Ombre souffrent de ces intentions de faire du mal à autrui ; ils ne vivent pas pour cela, travaillant plutôt à élever la conscience des apprentis humains et à les amener jusqu'aux Anges de la Lumière. Ce sont les artistes façonnant les âmes et les esprits en incarnation pour faire ressortir leur beauté et leur personnalité.

Au cours des rituels visant à appeler les forces du mal, aucun Ange de l'Ombre ne répond. Par contre, l'esprit préhumain a créé des entités se nourrissant du sang de la peur, mais celles-ci n'appartiennent pas à la famille des Anges. Ce sont les créatures dénommées démons ! Vos démons ! Les déviations et leurs dérivés de l'esprit en apprentissage de l'état humain sont actuellement la source primordiale de vos maux. À vous de reconnaître la force de votre pouvoir non maîtrisé sur le cours de la création. Aujourd'hui, un nombre croissant d'êtres se tournent vers vous de façon à vous guider pour sortir de ce pas inconfortable où vous vous trouvez.

Dans l'action des guides, des êtres sont venus renforcer leur travail. Toutes les sphères de l'Esprit éveillé envoient des participants soutenir vos efforts d'émancipation. La famille préhumaine cherche l'entrée de la demeure de la famille humaine. Dans ce passage, elle laisse ses illusions et devient plus responsable et, par conséquent, plus autonome, avant d'envisager le prochain passage. L'inconfort ressenti dans votre situation présente reste nécessaire pour reconnaître toutes les frictions dégagées par vos pensées erronées. Mais bien des pièges résident dans ce dédale, et sans l'aide de la famille des Anges et, présentement, de leurs guides adjoints, vous ne sauriez voir la porte de sortie. Aussi, à la veille de votre libération, ne trouvez-vous pas qu'il est grand temps de restituer une place méritoire à tous ces êtres à votre service ?

Chaque famille d'Anges règne sur des portes d'entrée de votre corps communautaire. Le classement de ces accès est en ligne directe avec la hiérarchie angélique ; ainsi, les Anges œuvrent avec les corps les plus denses, les Archanges dirigeant leur aide avec les plans subtils de l'Être. La comparaison devient plus aisée entre les Anges et leurs alliés de la famille animale. Nous pouvons aussi y voir deux paliers d'intervention : l'activité diurne et l'activité nocturne. Les intervenants agissant sur le cours de votre devenir se sont associés à l'une ou l'autre de ces deux forces solaire et atomique. La force atomique cachée coule au fil des lunes satellites. Je ne dresserai pas pour l'instant un tableau de l'association entre les familles. J'aborde ici uniquement ce fait, car nous aurons encore beaucoup à dire. Je sensibilise un peu votre conscience vis-à-vis des forces de vie de l'inconscient préhumain.

Depuis le début de mon contrat envers Urantia Gaïa, je m'efforce d'entrouvrir votre conscient à l'inconscient mais, malgré les informations déjà transmises, le plus important reste à venir et, pour cela, je me dois de rendre grâce à la famille composite de vos Guides. Nous pouvons tout de même établir la liste de ces intervenants. Naturellement, nous trouvons d'abord les Anges de l'Ombre et de la Lumière suivant le degré de conscience atteint, puis un être de la famille angélique (une branche différente de la famille Ombre/Lumière), soit un Ange ou Archange, un guide préangélique, un guide en attente d'une incarnation, un ou plusieurs guides temporaires de la famille animale et des appuis de la part d'Êtres réalisés. Contentons-nous ici de cette simple liste, nous y reviendrons afin d'élargir cette notion. J'aimerais vous rappeler la présence de ces êtres ; en fait, vous pouvez recevoir jusqu'à vingt-cinq intervenants quand vous entreprenez l'étude d'un palier décisif de votre évolution mais, dans de rares cas, ce nombre est encore plus élevé. Les Guides et les Anges sont vraiment nécessaires à votre évolution et à l'ouverture de vos portes intérieures.

Chaque triangle sacré permet de maîtriser des forces spécifiques. Vous voulez vous lancer dans une grande aventure ? Alors, redécouvrez les trésors enfouis dans votre corps. Vous y rencontrerez la famille sidérale en charge des activités divines nocturne, diurne, interne, externe du préhumain aux grands créateurs. TOUT EST LÀ, dans votre corps. La paix reviendra au fur et à mesure de vos découvertes, du retour de vos pouvoirs. Doucement, votre corps cessera d'être un objet impur et vous lui rendrez sa noblesse initiale. Vous détournerez votre regard des faux dieux et le tournerez à l'intérieur du seul temple digne de ce nom : votre corps. Dans un deuxième temps, vous rediviniserez votre personnalité. Nous guidons vos pas pour cette grande rencontre. La Vie est un joyau unique, un trésor de grand prix.

Certaines données furent examinées dans des livres déjà transmis. Je tiens d'ailleurs à souligner ici que mon enseignement intègre tout l'apprentissage mis en œuvre vers vous. Les informations représentent la base universelle d'élévation et je refuse de mettre de côté les acquis de votre passé. Vous devez impérativement prendre conscience que tout Maître d'information s'appuie sur les enseignements déjà donnés et les amène dans une spire plus élevée. Aussi, régulièrement, j'introduirai des notions transmises dans votre passé d'élèves apprentis humains et candidats à leur maîtrise. J'apporte un nombre considérable d'ouvertures de conscience tout en respectant cependant les maîtres ayant œuvré à vous propulser vers ce degré de reconnaissance du Soi.

Dans ces pages, je vous rends la connaissance de vos portes intérieures ; toutefois, je les associe à vos alliés et amis. Bien sûr, certaines données furent déjà développées dans d'autres ouvrages. Que croyez-vous ? Je viens de l'incréé, je suis Maître d'information, j'honore le passage de mes amis. Si cela vous intrigue, j'en suis heureuse ; je souhaite vous déranger en permanence et je joue à vous élever puis à vous replacer devant d'anciennes études. Tout forme le Tout. Ayez de l'humilité et ne me jugez pas. Ma vie englobe le Tout ; et vous, quelle portion du Tout êtes-vous en mesure de distinguer ?

Oui, les Guides, les Anges représentent un domaine déjà révélé, mais pouvez-vous les associer à vos portes intérieures ? Avez-vous un regard aimant et respectueux envers vos compagnons animaux ? Dans votre profond inconscient, ne les considérez-vous pas encore comme des êtres dénués de sentiments, d'âmes, d'intelligence et étant naturellement inférieurs à vous ? Oui, toi, lecteur qui te dis sérieux et désireux de te couler dans la Vie, tu te comportes le plus souvent comme un juge rendant sentence sur la Vie. Ne décides-tu pas si mes écrits sont bien de moi ou d'un hypothétique autre intervenant ? Ne cherches-tu pas les propos susceptibles de sortir tout droit de l'esprit de ma partenaire ?

Je te connais tellement, toi, lecteur, ami de toujours, mon frère, ma sœur. Alors, écoute ceci : j'ai dû apprivoiser ma partenaire, qui ne cherche qu'à être transparente, et si elle le pouvait, elle serait inexistante tant son désir est de ne pas intervenir dans l'enseignement transmis et de s'ouvrir en permanence à notre monde. Aussi, je te demande de devenir à la fois l'arc et la flèche en service afin de réaliser la volonté de la Vie. Je suis ton meilleur guide, et ta réaction me le suggère. Tu te dois de travailler au non-jugement afin de libérer cette jolie planète de ta mainmise et d'offrir à tous les intervenants un plus grand champ d'action. Déjà, je décèle chez certains d'entre vous le besoin de m'enfermer dans un cadre.

En abordant votre dimension d'évolution (la planète Urantia Gaïa), j'ai choisi 4 520 êtres parmi le groupe SORIA, tous maîtres d'un secteur d'intervention et, en cela, ni eux ni moi ne pouvons entrer dans un cadre ! Certains membres du collectif communiqueront avec des *channels*. Toutefois, la source principale d'information coulera par le biais du partenariat déjà établi entre moi et Régine, mon amie depuis longtemps, toutes deux unies pour traverser les couches sombres du mental inférieur, et si ces lignes sont écrites, cela constitue le meilleur moyen de clarifier des questions qui s'élèvent de la pensée collective de cette humanité, toujours prête à juger.

Nous (le collectif SORIA) souhaitons endiguer les attitudes liées au besoin de contrôler toute nouvelle information. Avant de vous élancer dans les sphères élevées de l'Esprit, maîtrisez donc cette déviation sous-jacente qui consiste à condamner, à enfoncer et à anéantir la sincérité des personnes soucieuses d'être au service de la Vie ! La Vie vous en sera reconnaissante.

Cette attitude vous poursuit depuis trop longtemps, plaçant la Vie et l'action des Guides et des Anges dans l'oubli et la dérision. Oh, me direz-vous : « Mais moi j'y crois, je n'en doute pas. » Pourtant, si vous n'en doutiez pas, vous n'éprouveriez justement pas le besoin d'affirmer votre croyance ! Il faut travailler à épuiser vos pensées et vos croyances. Il y a une grande différence entre croire et connaître ! Toute la différence se situe là : *croire* relève d'une volonté d'épouser une conscience, *connaître* est la richesse de l'esprit éveillé, sûr de lui et immergé dans cette connaissance, redevenant par conséquent simple en lui-même ! Lecteur, es-tu simple, ancré au centre de toi-même ? Non. Aussi, écoute-moi : détourne ton regard des vieux schémas, présente-toi à la Vie comme un enfant émerveillé par elle, prêt à apprendre à *être*, cela exigeant de rendre la place à chacun.

Ainsi, aujourd'hui, dans cet état d'urgence de l'esprit où il se trouve embourbé dans de fausses réalités, nous nous devons de te rappeler le b.a.-ba de la Vie, soit de la trame de Vie du grand sidéral avec tous ses intervenants. Certains sont présents depuis de longues ères et ne se lassent pas de te servir malgré ton ironie et, parfois même, ton irrespect envers eux. Ils sont là, toujours là, encore là ! Souris si ces quelques lignes te secouent, remercie-les d'être les révélatrices d'attitudes à corriger une fois de plus, cette fois-ci davantage en profondeur. Ne remarques-tu pas comme tu as l'impression de rencontrer toujours les mêmes problèmes ? Les Guides le savent bien ; les défauts de compréhension se rectifient quand tu reprends régulièrement les mêmes leçons sous diverses formes et dans des moments inattendus, et je te promets de te secouer chaque fois que tu feras mine de réépouser ces vieux travers. Autrement, je serais un bien piètre guide pour votre humanité. (Dommage d'ailleurs que vous n'utilisiez pas le nom de cette dernière ! Chaque humanité reçoit un nom à sa formation première.) Eh oui, pour un temps je suis votre Guide et mon action épouse les besoins de cette humanité.

Avant les grandes révélations, reprenons les études de base afin de bien ancrer les compréhensions en cours. En examinant votre aura, j'ai malheureusement constaté combien certains acquis vacillaient dès la première secousse. Vos pas sont incertains et vos faux-semblants exigent trop de paraître en vue d'abuser des autres derrière un flot de paroles. Je n'ai pas besoin de vous secouer ni de gratter longtemps votre vernis ; l'enfant turbulent, indiscipliné maquille son manque d'assiduité aux leçons, et vous vous comportez comme des élèves surpris par leur maître d'école.

En reprenant l'enseignement de cette sphère de Vie, je me dois de poser le doigt là où il y a nécessité d'intervenir. En tout cas, dans mon enseignement, en bon guide, amis lecteurs, frères et sœurs, je vais replacer dans la vaste géométrie sacrée la position de la Connaissance, et si quelques-uns d'entre vous pensent ne pas avoir besoin de révision, qu'ils s'ouvrent aux autres frères et sœurs qui, eux, en éprouvent la nécessité et nous demandent d'aborder des sujets qui, il n'y a pas de doute, devraient être connus déjà. La révision profite à tous, de toute manière.

L'humanité représente un corps, un seul corps. En replaçant un savoir à sa bonne place, c'est l'humanité qui reçoit un éclairage dans une de ses zones d'ombre. La tolérance exige un travail constant d'observation. Les

Maîtres se dirigeant vers vous agiront tous à titre de guides et d'enseignants. Nous sommes vos guides temporaires, dérangeants, exigeants et aimants. Nous appuierons avec conscience sur vos plaies, et l'une d'elles, nécessitant d'être cicatrisée bien vite, est justement votre zèle à vouloir juger, condamner et à appliquer vous-mêmes les sentences prononcées par vous, en ayant l'air de dire : *je sais, je suis le meilleur.*

Votre géométrie sacrée souffre de ces séismes d'autosuffisance. Aussi, afin d'harmoniser vos lignes d'énergie et leurs influences, stoppez net votre aisance à ce jeu. Resituez votre vision à sa juste place. Aujourd'hui, votre regard n'embrasse qu'une infime partie d'un tout petit morceau d'un puzzle s'inscrivant sur un plan dans la multidimensionnalité du grand Plan.

Redevenez petits, simples, aimants, tolérants et élèves de la Vie, et alors, votre aptitude intérieure décèlera une grande vision de son devenir. Encore une fois, je suis un Guide et votre humanité m'appelle afin de clarifier le positionnement de tout être au cœur du grand sidéral. Je m'applique à répondre à tous vos souhaits. Égale à moi-même, je me réjouis quand je peux soulever des réactions.

Je vous promets de revenir souvent sur les pages de votre histoire et des enseignements reçus car, en réalité, je ne livre qu'un degré plus élevé de ceux-ci.

CINQ

# L'AFRIQUE, LE VENTRE ENGENDRANT LES HUMANITÉS

Les Guides sont les messagers des Cieux et de la Terre vous aidant dans l'accomplissement de votre réalisation ; situation ingrate, surtout dans ce cycle. Ils travaillent dans l'ombre, souvent rejetés, la plupart du temps niés. Ces êtres contribuent à l'éclosion de Fleurs de Vie, celle de la Terre, de l'humanité, de l'individu et, par conséquent, de l'Univers.

L'Ombre est en mouvement, au service de la Lumière et de la géométrie sacrée. Votre conscient le sait, sans en savoir l'importance. La géométrie sacrée représente les lignes d'influence des énergies primordiales en action dans tout corps manifesté. Qu'il s'agisse d'une planète, d'un corps humain, d'un arbre, d'une roche, chacun se nourrit et grandit par ces énergies. Une perturbation sur l'une ou l'autre des lignes d'influence et tout le corps se retrouve perturbé.

Un corps réalisé (sous une forme ou une autre) émet la forme parfaite d'un cristal ou diamant. Dans l'élaboration de cette géométrie dite sacrée, car révélant le degré de réalisation atteint, les lignes se rencontrent et s'allient, formant une géométrie partielle à même la géométrie globale. En regardant un diamant, vous pouvez observer ses facettes ; dans le corps humain, celles-ci sont représentées par des triangles. Chacun d'eux apporte un équilibre et contribue à la balance des énergies cherchant en permanence à rétablir les harmoniques. Tout le corps humain abrite une multitude de triangles sacrés. Il y a les lignes principales reliant les chakras principaux aux sous-chakras, mais nous trouvons également des triangles sacrés reliant les organes entre eux, puis les articulations, qui font office de points de réception afin d'émettre et de nourrir d'autres triangles sacrés.

Ainsi, la géométrie sacrée repose sur :

- l'énergie subtile du corps,
- l'énergie des organes,
- l'énergie des articulations du corps.

Elle devient couronnée au moment où le regard-sentiment-pensée s'associe à l'Amour. Un être couronné énonce simplement ce fait, mais avant cet état d'être vient le moment crucial où la conscient de l'entité incarnée s'unit à son inconscient dans le but d'explorer toutes les portes ainsi entrouvertes. Aujourd'hui, vous entrez dans cette phase compte tenu du retour de la géométrie sacrée dans votre vie. Le quotidien change ; il vous faut intégrer des milliers d'informations déposées autour de vous.

Au début de l'ingestion, vos flux se perturbent, les ondulations énergétiques ne correspondant pas à l'ondulation intérieure du moment. Il peut y avoir conflit si vous n'acceptez pas les changements. Dans le cas contraire, les nouvelles ondulations pénétreront celles qui sont en place puis les amèneront à se confondre aux informations nouvelles. Toute information épouse une forme de façon à s'articuler aisément sur la géométrie d'un corps. Quand l'information provient des cercles d'esprits supérieurs, elle est complétée par une couleur, un son harmonieux et programmée également pour amplifier la changement. Parfois, dans votre monde, s'ajoute un parfum.

L'élévation de l'esprit est à peine commencée ; n'oublions pas le fait de votre fort éloignement de la géométrie sacrée. Le parfum demeure l'étape suprême d'accomplissement. Un élève maître s'éloigne de sa réalité et perd l'usage de ses attributs. Il entame alors une période courte (au regard de l'éternité) d'apprentissage et d'étude en oubliant son origine ; à un moment donné, son esprit s'interroge : qui est-il ? D'où vient-il ? Quel est son devenir ?

Cette étape importante annonce le début du retour dans son identité réelle. Survient alors toute une série d'épreuves, de tests visant à affirmer son besoin d'informations. Et quand celles-ci arrivent, l'aspirant à *être* traverse une période d'intériorisation puis d'intégration des données reçues.

Une autre étape importante suit où sa volonté de s'affirmer et de s'affranchir sera encore éprouvée. S'il traverse avec fermeté les interventions et les tests du Ciel successifs, alors l'ouverture de ses portes intérieures est ordonnée. L'Identité primordiale revient et travaille à la restauration de son édifice intérieur.

Les lignes géométriques formant la figure du diamant se mettent à illuminer le corps communautaire, signe vital lancé à la Merkaba. Dès lors, votre candidature à cette union avec votre corps de lumière supérieur vous place dans l'obligation de retrouver la connaissance de toutes ces lignes énergétiques, de les comprendre et de les activer. Ne me dites pas : « Soria, tu fournis trop d'informations, nous ne savons pas comment les interpréter ! »

Premièrement, je vous donne peu d'informations ; deuxièmement, ne les interprétez pas et étudiez plutôt les données dérangeantes au premier abord. N'oubliez pas que derrière les mots inscrits sur le papier, je dépose dans votre aura toutes les clés utiles à cette expérience de vous-mêmes à la recherche de vous-mêmes. Dans cette période si particulière et tellement délicate, vous apprenez à identifier votre structure divine ; vous redécouvrez son visage, ses expressions, sa force, ses pouvoirs illimités.

Un code peut vous aider dans cette exploration : l'A M O U R. Et, s'il vous plaît, cessez de lui attribuer le visage de vos limitations ; expérimentez de façon à vous reconnaître illimités !

Le code A M O U R est énergie, pure émanation du Très-Haut. Vous avez bien du mal à vous aimer d'un amour humain et, pourtant, nous vous engageons à exprimer l'amour christique, solaire et cristallin. L'amour christique, vous essayez de le cerner. L'amour solaire, vous l'ignorez et il dérange déjà les tentatives d'approche de la dimension christique, mais aborder l'amour cristallin ou Cristal, alors là, cela vous pose un réel problème. « À quoi Soria peut-elle faire allusion ? » vous demandez-vous. C'est simple : à l'amour de la géométrie sacrée, demeure des Cristaux, des Cristaux maîtres et du Maître Cristal !

Comment aborder cet amour-là ? Sans artifices, dépouillés de prétention, authentiques dans votre démarche intérieure, sérieux et désireux de vous unir à toutes les réalités de la Vie UNE, donc de quitter la dualité, la séparativité, le jugement, la condamnation, la souffrance, l'ironie et surtout le besoin de PARAÎTRE, contraire de l'ÊTRE.

Le retour de la géométrie sacrée dans votre quotidien terrestre entraîne un retour de l'humilité ; étrange mot que celui-là, *humilité, humilité.* Pourquoi nous parle-t-elle d'humilité ? Cette attitude représente une nouvelle clé afin de pénétrer votre identité. L'humilité et la simplicité sont deux qualités de l'enfant divin reconnaissant son état parfait. Nous remarquons toujours les aspirants à être. Au commencement de leurs études pour parvenir au centre d'eux-mêmes, leurs attitudes faussées par le voile de l'oubli s'amplifient généralement et ils emploient les mots : *je sais – je suis élu –, je connais, lui, il ne connaît pas* ; et, en supplément, ils bombent le torse. Ceci correspond à la première prise de conscience de l'identité de qui on est. Cette étape sera plus ou moins longue et dépendra de l'intensité des efforts fournis pour restaurer la personnalité.

Le corps humain répond à des forces énergétiques placées sur des lignes bien précises. Si celles-ci sont détériorées ou encombrées par des scories ou, encore, en mauvais état de fonctionnement à cause de blocages, le temps s'étirera alors pour demeurer votre allié. Pas à pas, le candidat au retour à lui-même devra travailler à reconstruire ce qu'il a défiguré dans sa géométrie sacrée. Quand cette restauration atteindra un seuil décisif, les faux-semblants s'écrouleront car la géométrie sacrée s'activera à nouveau et enverra dans tout le corps des rayons de lumière, timides au départ puis de plus en plus étincelants.

Puis viendra la deuxième étape : l'autoculpabilisation. Après avoir proclamé son savoir à tue-tête, l'être en recherche se maudit alors, s'accuse de tous les maux et prétend même ne rien valoir. Ici, nous savons que l'aspirant divin traverse une période sombre, délicate, voire dangereuse. Son équilibre étant atteint, les points de repère l'accrochant à ses vieux schémas erronés manifestent une énergie appelée énergie limaille, car elle agit comme un aimant et cherche à vous attirer vers elle. À ce moment-là, nous vous entourons beaucoup. Malgré le fait d'emprunter le chemin du retour à votre personnalité, vous avez l'impression d'être abandonnés et de ne pas mériter une quelconque attention. Le travail des Anges et des Guides s'amplifie et, bien souvent, ceux-ci vous servent de béquilles.

La troisième étape se distingue par un retour à une vision plus juste du Soi et de soi en action. Les paroles et les pensées deviennent plus modulées, plus tolérantes envers le chemin accompli et moins exigeantes vis-à-vis de ce qui doit encore être fait. Dès lors, les Anges et les Guides redoublent d'activité ; une « attaque » des vieux schémas négatifs demeure possible et entraînerait une longue et fatigante déstabilisation. Cette séquence a une durée de temps variable et relate la sensibilité de l'aspirant. L'émotivité et le sentimentalisme sont deux handicaps lourds dans ce processus. Enfin, survient le jour où l'individu entrouvre les qualités du Soi.

En principe, l'humilité s'annonce en premier et devient la clé, le moteur de toutes les autres. Lorsque cela se produit, ici, nous respirons, le plus dense se situant derrière, dans le passé. L'humilité est une chimie de base se répandant dans tout le corps par l'entremise du sang. Chaque cellule la reconnaîtra et s'articulera de manière à restituer la beauté du schéma de Vie contenu en elle. L'humilité naît des tourments de la pensée éloignée du sentiment. En réajustant votre pensée, votre sentiment et votre regard sur vous-mêmes, ils s'unissent tous trois à votre service. La chimie s'ajuste et s'articule comme une géométrie car tout votre corps, avec ses fonctions physiques et subtiles, ses humeurs, constitue une géométrie réagissant tel un aimant, en attirant ou en repoussant.

Il est bon d'aller un peu plus loin. Votre corps est donc une géométrie complexe traversée par des lignes précises et immuables. En positionnant le corps humain sur une sphère représentant une planète (Urantia Gaïa, pour vous donner un repère), les lignes se superposent à celles de la planète. Ces lignes représentent la Rose des vents. Aussi, ces influences sont-elles les mêmes pour un corps humain ou une planète. En l'occurrence, nous allons tenter de positionner le corps humain sur la géographie d'Urantia Gaïa.

Dans vos atlas, nous observons deux lignes principales : l'équateur et le méridien de Greenwich. Cette dernière ligne est en réalité une ligne d'influence primordiale de la planète (le hasard fait bien les choses, ou certains pressentiraient-ils ce fait ?). Sur ces deux lignes, plaçons les deux lignes principales du corps humain, une horizontale passant au centre du chakra solaire et une autre, à sa verticale. Deux vortex importants ressortent aussitôt : le chakra solaire se place sur l'Afrique, la matrice des civilisations ; et en regardant la position du chakra cardio de cet homme, nous la localisons en France !

Cette juxtaposition du corps humain sur la planète ne vous est pas proposée pour rien. Nous essayons d'expliquer à partir de schémas simples les interreliances entre tout corps vivant. Dès la première seconde de vie d'un fœtus, Urantia Gaïa tire de ses entrailles toutes les énergies afin de composer le corps humain. Par conséquent, votre corps humain origine d'Urantia Gaïa. Vous prolongez sa vie, l'expérimentant et la propulsant vers une spire plus élevée. Vos particules, issues de la planète, réagissent donc intimement avec elle. Un désordre dans l'un se transmet dans l'autre. En vue de rétablir les influences subtiles du corps physique, les vents jouent leur rôle, balayant le plus possible les amas négatifs pour les disperser. Quand l'action du vent devient insuffisante, l'eau entre en action afin de laver et d'emporter ces inscriptions perturbantes. Si cela s'avère plus complexe, le feu brûlera ces énergies, ramenant la paix dans la terre. Le cercle sera alors rétabli dans sa fluidité. Tout part de la terre et retourne à la terre. Par conséquent, la terre est à l'origine de toute géométrie.

Poursuivons avec la juxtaposition des corps et prenons celui de l'humanité ; il se calque sur la position du corps humain, et de lui émane les mêmes désordres ! Nous trouvons dans l'énoncé de cette réalité une autre trinité par filiation. La terre engendre le corps humain ; l'esprit humain, quant à lui, procède à l'élaboration du corps de l'humanité, lui-même issu de l'esprit du corps humain fils ou fille de la Terre Mère Gaïa, née Urantia. Les fils et les filles d'Urantia ont baptisé leur mère Gaïa, du nom d'une déesse ; en l'ajoutant à Urantia, vous, ses enfants, lui conférez une identité divine. Votre esprit travaille à la consécration de votre Mère Terre. Savez-vous que vous agissez ainsi selon un processus naturel visant à reconnaître vos différentes filiations avec la Mère divine ?

Dans la chaîne, le premier ou dernier maillon se présente sous les traits de votre mère biologique, celle qui a accouché de vous, bébé ! La première en apparence, mais la dernière dans un processus de création ; elle prête son ventre à la Vie. Elle vous accueille, veille sur vous, puis vous partez à la reconquête de vous-même. Dans ce mouvement, la Vie veille aussi et vous incite à la reconnaissance de la Mère divine. Ainsi, votre conscience retrouvera la trace de la Terre Mère puis la route vous mènera à la première mère de l'Esprit, incarnée actuellement par Marie, mère de Jésus, qui par ce poste peut entre autres aider les enfants. Vous poursuivrez ensuite votre chemin en identifiant la Mère solaire (Vesta, pour ce système solaire), qui vous poussera doucement encore plus loin. Durant cette période sacrée quant à l'importance des ouvertures de conscience, nous, le collectif SORIA, souhaitons vous voir penser plus souvent à ces quatre mères ayant activement participé à votre venue sur cette sphère de Vie. Toutes ont permis la descente de l'étincelle de Vie ; l'une ne va pas sans l'autre.

La géométrie sacrée s'incarne également par une chaîne de fraternité. Chaque participante à la naissance d'un esprit dans un corps humain dépose des informations au sein de ce que l'on appelle la cellule mère, la première à travailler à l'élaboration d'une forme humaine. La cellule mère s'enrichit d'un programme d'expériences par l'influence de la chaîne maternelle. Ainsi, Vesta, Marie, Urantia Gaïa et votre mère biologique déposeront une somme plus ou moins importante de spécificités qui s'ajouteront à votre programme de vie.

La chaîne paternelle fera de même mais Urantia Gaïa y remplira également ce rôle ! L'Afrique, berceau de toutes les civilisations, remplit une autre part d'influence dans votre existence. Bien que n'entrant pas directement dans la chaîne maternelle de procréation, elle y participe du fait d'avoir offert une matrice à la Vie. Sur Urantia Gaïa, l'origine de la vie eut lieu sur une portion de terre qui, une fois séparée des autres secteurs habitables, devint progressivement le continent africain. Tous les continents sont la prolongation de celui-ci ; lors du fractionnement de la terre originelle, les artisans à l'œuvre, les Jardiniers de la Terre, se devaient d'offrir des qualifications aux énergies employées. Ils décidèrent d'en initier une partie comme *mémoire vitale des humanités à venir*. Ils choisirent donc de relier en énergie tous les futurs secteurs à une portion de terre (aujourd'hui l'Afrique). Au cours de cette intervention, ils insérèrent cette terre même dans la chaîne maternelle naturelle. Depuis ces temps lointains, la chaîne maternelle d'intervention infuse progressivement les informations déposées dans ce sol afin d'amener Urantia et ses habitants à leur réalité suprême. Vous tous, habitants d'Urantia Gaïa, portez dans votre mémoire ancestrale le sceau de l'Afrique, comme dans vos gènes, et tout le mal que vous lui faites se retourne contre vous par voie directe de filiation. Vous avez peut-être la peau blanche, jaune ou rouge, mais je vous le dis avec certitude : « Vous êtes africains ! »

Reprenons la position de l'homme sur la planète. Son ventre se place sur l'Afrique ; désormais, je n'ai plus besoin de grands discours pour commenter l'importance de cette relation. Examinons un peu le deuxième point important, l'emplacement du chakra cardio en France ; est-ce vraiment étrange de voir ce pays destiné à un grand avenir ? En réalité, il n'y a aucune coïncidence, juste une logique.

En cela, étudions une autre séquence de votre passé. L'Afrique vécut des phases délicates de gloire et de déchéance ; Urantia dut accompagner ces états d'âme en remodelant plusieurs fois ce continent. Parmi ces reconfigurations géophysiques, il y en a une qui nous intéresse particulièrement : l'effondrement d'un secteur africain donnant le jour à une mer ouverte nommée aujourd'hui mer Méditerranée. Dans la secousse, une infime portion de l'Afrique fut propulsée vers un autre secteur ; la dérive de cette partie africaine l'a alors conduite à s'ajuster tant bien que mal à un pays que vous nommez la France. Les énergies du continent africain y sont toujours actives et la France doit épouser ces spécificités.

Ne cherchez pas trop loin l'attrait respectif de ces deux pays l'un envers l'autre. Sans le savoir, ils cherchent à s'épouser et à installer une influence ou un pouvoir alors qu'ils ont la même identité. La France, plus que les divers pays séparés du continent originel, porte en elle l'énergie primordiale de la Vie sur Urantia Gaïa. Il n'y a pas de hasard si justement on demande à cette nation d'émettre les nouvelles bases de l'Amour devant avoir cours dans le futur de cette Terre.

Sur notre schéma, l'emplacement du haut de la tête repose au pôle nord ; lorsque la calotte glaciaire sera entièrement fondue, un groupe d'hommes et de femmes s'y établiront, dont la mission sera de canaliser les hauts schémas d'identité destinés à Urantia Gaïa.

Voyons maintenant les pieds ; ils prennent appui au pôle sud, où les racines des mondes nouveaux s'ancreront. Ce devenir atteint son heure de gloire. Auparavant, l'homme, l'humanité, établira des rapports harmonieux et respectueux envers sa Mère la Terre.

Aussi, les jours à venir vous appellent-ils à rétablir ces flux d'échange entre ces trois corps. Vos pensées sont donc encore à repolariser afin de faire une place plus grande au corps de l'humanité et de la Terre. La responsabilité s'agrandit. La mémoire ancestrale concerne également votre origine première ; certes, dans ces temps-là, la terre immergée ne portait pas ces noms et, pourtant, tous sont issus de celle-ci.

Nous allons ici développer succinctement une autre page d'histoire : celle du temps de la Terre Mère, c'est-à-dire de la seule terre émergée où vivait une seule race. Lorsque les Jardiniers de la Terre décidèrent d'une intervention majeure en vue de rétablir un équilibre dans la trajectoire de cette planète, cette unique terre fut fractionnée, et ainsi commença la dérive de ses continents. Après un laps de temps plutôt long, les Maîtres généticiens créèrent votre prototype et, pour répondre aux variables climatiques, ajoutèrent des gènes modifiant la couleur de la peau. La naissance des races venait d'avoir lieu ! Ces prototypes furent ensuite conduits sur Urantia (vous avez ajouté Gaïa récemment). La race d'origine fut dès lors absorbée par cet apport nouveau d'hommes et de femmes. Ainsi, les prototypes apportés intégrèrent la genèse d'Urantia.

Comme la race mère apparut sur cette partie de terre dénommée Afrique, ce coin de terre s'est élevé au rang de matrice de Vie ou de berceau de l'humanité. Dorénavant, afin de répondre à de nouveaux impératifs, les races vont se mélanger puis se fondre en une race unique. Il n'y aura plus d'êtres humains de couleur blanche, noire, jaune ou rouge. Une nouvelle couleur apparaîtra, se rapprochant d'un teint hâlé (légèrement bronzé). Ceci participera à la reconstruction finale de la fraternité sur Urantia Gaïa et de la géométrie sacrée.

Avez-vous remarqué comme la nature exprime la géométrie avec dextérité (lorsque l'homme n'intervient pas) ? La Nature Mère est la gardienne des lois géométriques et des lois d'échange dans votre re-connaissance de vous-mêmes. Elle vous dirige dans vos recherches, aimante et tolérante ! Avant de vous élever, vous vous trouvez dans l'obligation de vous pencher sur vos origines. Vous font-elles peur ? Quand votre soif d'être sera à ce point prenante, alors vous vous assoirez et regarderez ce que vous fuyez actuellement. Vous ne pouvez détruire votre origine, votre naissance. Il ne vous reste qu'une solution : ACCEPTER, point de départ du retour à vous-mêmes. Le reniement, le combat, le besoin de détruire annoncent le second pas à effectuer, soit la cessation du combat, l'arrêt de l'auto-destruction et la reconnaissance du ***Je suis ce que Je suis***. Dans vos débats, vous vous noyez, rien d'autre !

Les mots choisis, volontairement clairs, parfois doux, souvent fermes et sans équivoque, travaillent sans relâche à faciliter le dépouillement de vos artifices. *Être* n'offre que des avantages, mais impossible alors de se cacher. Le jour où vous parviendrez à cet état de nudité, commencera alors l'illumination de votre Être.

Dès à présent, nous vous y amenons progressivement, nettoyant vos canaux de mémoire et repoussant votre volontaire et confortable amnésie. Ces temps-ci ne permettent vraiment aucune cachette, car vous êtes cernés. Ainsi, les sentiments vrais si exempts de vos fourberies habituelles vont-ils refleurir et Urantia Gaïa nourrira ce besoin d'*être*. Le *paraître* s'effondre avec toutes ses constructions, tant sur les plans subtils que sur le plan physique.

Les masques tombent, l'Afrique vous appelle !

SIX

# RESTITUTION DU CONCEPT DE LA FAMILLE UNIVERSELLE

L'échange, loi primaire, régit tout l'espace sidéral ; toute forme de vie sans exception obéit à cette loi et, par conséquent, vous aussi. Qui dit échange englobe les potentiels externe et interne d'un corps, la dualité et ce qui est. C'est là, résumée en deux phrases, cette loi, mais allons plus loin.

Le grand sidéral vit de l'échange des flux ; vous appelez cela les vases communicants. En réalité, la loi d'échange est avant tout une loi de communication ayant des voies d'expression. Aujourd'hui, le collectif SORIA entame un partenariat avec Urantia, répondant ainsi à la loi d'échange.

Dans le passé, un groupe de Créateurs (scientifiques) créa un prototype devant participer à l'étude d'une expérience. Ces laborantins puisèrent alors de l'énergie dans leur propre énergie et contribuèrent volontiers à l'expansion de la Vie en se séparant de cellules souches provenant d'un de leurs organes, non pas pour construire des clones d'eux-mêmes mais bien pour introduire des qualités de leur personnalité.

Les Jardiniers de la Terre représentent en fait un groupe d'intervenants sous la direction des Créateurs de vies (scientifiques et laborantins universels) travaillant à la semence devant donner le schéma d'une structure accueillant les étincelles de Vie. Ils répondent à la nécessité d'entretenir (superviser) les supports de vies (planètes). Ces deux groupes, distincts par leurs fonctions, sont indissociables. Régulièrement, Urantia Gaïa reçoit la visite des Jardiniers de la Terre, qui entreprennent des mesures scientifiques en restant discrets, ne se mêlant pas à l'humanité résidentielle, sauf en de rares cas tout à fait exceptionnels.

Aujourd'hui, le vaisseau Urantia entre dans l'expansion d'un schéma déposé lors de sa création. Votre vaisseau spatial se meut dans la loi d'échange. Depuis, la perte de conscience de votre appartenance à une grande fraternité, la loi d'échange ne remplit plus ses fonctions dans l'aisance, occasionnant des troubles non seulement à l'intérieur de son espace mais dans ses rapports de voisinage. Les flux de ce système solaire subissant des déviations de trajectoire, les Jardiniers de la Terre se doivent d'intervenir pour réharmoniser les échanges.

Le vaisseau Urantia répond à des lois d'évolution précises, ralentissant ou augmentant sa vitesse, changeant sa trajectoire s'il y a lieu et modifiant même sa rotation afin de répondre aux besoins des expériences de ses passagers (cette humanité). Comme tout vaisseau, il a un commandant et un équipage recevant des données à appliquer. Vous concevez aisément la nécessité de la surveillance des déplacements aériens par des aiguilleurs du ciel, nom donné à un groupe d'hommes et de femmes chargés de suivre la trajectoire de vos avions afin de garantir leurs vols sans dommage.

En très haut lieu, chaque trajectoire d'une planète, d'une étoile, est sous intense surveillance. Si besoin, les modifications sont transmises à l'esprit de la Terre ; lui seul apporte les transformations requises dans les données vitales du vaisseau spatial. Le commandant, Prince planétaire, reçoit, quant à lui, un compte rendu des interventions et des résultats escomptés sur l'esprit des passagers. Chaque vaisseau est parcouru par les influences de la géométrie sacrée du système solaire où il évolue. Si, pour une raison ou une autre, un secteur universel change de tonalité ou d'expression, sa géométrie sacrée sera alors modifiée de façon qu'il puisse recevoir une nouvelle source d'énergie. Ce qui est intéressant aujourd'hui, c'est bien la transformation de la géométrie sacrée du vaisseau urantien avec celle qui commence dans ce système solaire et qui sera suivie des modifications de l'univers local et de l'Univers d'appartenance.

Une action ponctuelle sur un corps spatial n'engage pas de transformation majeure, mais lorsque nous assistons, comme présentement, à une succession de modifications majeures, le Super-Univers tout entier supervise ces changements. Ses Sages observent et travaillent à l'harmonisation nouvelle, sachant combien ces échanges d'énergies induiront des transformations dans les flux d'énergie de tout le Super-Univers. Nous vivons donc actuellement un bouleversement global de l'harmonie universelle et de sa géométrie sacrée, la plus grosse impulsion se dégageant depuis votre système solaire.

Observons également les alignements de planètes. Quand cela se produit temporairement, des lignes se forment laissant s'étendre des influences spécifiques. Pour l'instant, votre conception de la Vie n'étant pas exacte, vous n'entrevoyez pas l'impact dans votre structure moléculaire. Il vous faut accepter que toute ligne géométrique s'aligne automatiquement sur les autres. Il y a toujours superposition de la géométrie sacrée d'un corps humain sur celle de l'humanité, de la planète, du système solaire, de la section suivante avant la juxtaposition avec le Super-Univers, puis sur celle du grand sidéral. Ainsi, la superposition de toutes ces géométries sacrées permet aux énergies de passer de l'une à l'autre en s'infusant.

La loi d'échange est un mouvement permanent induisant des transformations sans limites. Le regard-sentiment-pensée représentant l'artisan de ces réactions en chaîne, il est le seul moteur de la Vie universelle. Le monde fini est une structure géométrique subissant les modifications par la chimie induite par le regard-sentiment-pensée. Les fleurs d'Esprit ne sont rien d'autre que les fruits portés à maturité par le regard-sentiment-pensée. En réalité, la volonté première à l'origine du grand sidéral fut sans conteste le besoin d'identifier les pouvoirs du regard-sentiment-pensée. Tant que le premier Cercle atomique de Vie n'expansera pas le deuxième, tout habitant de ce présent cercle devra se mouvoir par un seul canal, l'Amour christique, qui est le JE SUIS réalisé du regard-sentiment-pensée.

Je m'efforce aujourd'hui de vous rendre une assise d'évolution solide par le biais de la géométrie sacrée. Si je devais résumer en une seule phrase la réalité du concept de création du cosmos, ce serait la suivante : pour amener la première base de l'Amour divin, le Grand Architecte conçut une structure géométrique s'articulant selon les besoins afin que le regard-sentiment-pensée puisse se mouvoir et recueillir les fruits de ses investigations.

Ce qui suggère ceci : chaque Cercle atomique de Vie à venir reposera sur une géométrie sacrée propre à lui afin que le visage suivant du concept d'Amour se réalise. Je ne peux vous amener plus loin dans la réalité universelle sans vous faire comprendre la géométrie sacrée du vivant.

Le vivant se décrète sur une succession de grilles magnétiques juxtaposables lorsque chacune aura accompli sa géométrie suprême. Ainsi, la grille magnétique d'un être, d'un corps, se modifie graduellement ; chaque articulation offre un terrain d'exploration d'une des dimensions du regard-sentiment-pensée. À chaque rotation, ce dernier dépose les schémas parcourus devenus inutiles, gardant ainsi une base essentielle de propulsion vers une autre dimension.

Les dimensions ne sont que des demeures visitables du regard-sentiment-pensée. Aujourd'hui, l'humanité est invitée à prendre son envol dans son moteur d'action et de Vie. Aussi, cette trame de sentiment vit aujourd'hui un travail qui consiste à trier les schémas erronés de ceux qui permettent une exploration plus profonde de l'Amour christique.

La grille magnétique humaine ouvre par conséquent des sas de propulsion.

Dans le corps humain, cela reste des portes d'accès dans les chakras, les sous-chakras et les organes. Nous vous enjoignons de considérer chacune d'elles comme une planète à part entière, avec ses lois d'échange. Notre travail tend aussi à vous amener à prendre conscience que vous avez installé la séparativité entre elles. Pourtant, de par leur nature, les organes, les chakras et les sous-chakras sont liés intimement et sont indissociables dans leur fonctionnement. Leur ordonnancement correspond à un schéma établi s'appuyant sur les lois d'échange du grand sidéral. Un dysfonctionnement de l'un révèle une mauvaise filiation avec les réalités cosmique et terrestre.

Je m'emploie à vous restituer une vue plus juste de la Vie. Nous savons combien vous allez vivre de bouleversements dans les concepts terrestres. Cependant, deux possibilités s'offrent à vous : réajuster votre vision en écoutant les conseils de vos aînés ou vivre des traumatismes climatiques et géophysiques. À vous de choisir.

Maintenant, le collectif SORIA souhaite vous entretenir d'une réalité toute nouvelle. Depuis plusieurs années, des entités furent invitées à transformer et à digérer une part du passif de l'humanité. Le 15 août 2002, le Conseil des Sages des Univers inversa le processus (fin de l'épuration de ces énergies de groupe). Depuis, vous recevez de la lumière afin de nourrir vos corps physiques et subtils. Vous n'êtes toutefois pas dispensés de travailler sur vous ! Suite à ce changement, nous avons été appelés à une réunion dont voici le compte rendu.

La réunion exceptionnelle des 18 et 19 août 2002 (en temps terrestre) permit d'envisager les probabilités afférentes à ce changement. Oui, nous connaissons les grandes lignes. Cependant, les premières réactions sont toujours analysées de façon à ajuster nos interventions dans les domaines concernés.

Le grand maître de la Géométrie sacrée étant mon ami Kryeon, cette réunion se déroula avec une forte majorité de son collectif. Le collectif SORIA fut représenté par moi-même et neuf autres Êtres. Nous avons retrouvé les Sages de l'Univers et les intervenants ponctuels et à venir d'Urantia Gaïa.

Notre souci majeur étant le mouvement induit par cette inversion des pôles géométriques, l'examen porte sur votre structure interne*. Voici les faits que nous avons pu retenir.

Dès la cessation de l'aspiration de la négativité, vos cristaux internes se sont stabilisés sous une forme. L'observation de toutes ces formes confirme le besoin d'apaisement dans le conscient de l'humanité et son manque de référence universelle. Avec l'émission des nouvelles énergies, ces mêmes formations sont toutes entrées immédiatement en transformation. Tels des aimants attirant la limaille de fer, vos cristaux se placèrent positivement en réponse aux schémas envoyés. Ce début de réaction demeure très encourageant et permet d'amplifier ces énergies d'Amour.

Notre ami Kryeon fut félicité de son efficacité. Les cinq mois précédant la mise en fonction de la nouvelle grille magnétique servent à consoler, entourer et préparer tout esprit à l'absorption de la lumière qui viendra adombrer cette grille ; ainsi, l'esprit se nourrira d'une autre spécificité de l'Amour divin le rapprochant de son état primordial.

Nous cherchons à vous faire intégrer la première notion primaire de la Vie : la géométrie sacrée. Comme vous êtes des étudiants universels, voici un passage d'étude incontournable. J'espère rendre ce sujet attractif, mais je reconnais bien volontiers que cela reste un exercice de haute voltige ! Voilà pourquoi chaque livre comporte un sujet d'étude examiné dans les premiers chapitres avant de nous

---

* La structure géométrique placée dans l'aura de la Terre est induite par le treillis cosmique. Afin d'unifier le tout, notre action superpose les deux pôles. Le pôle géométrique doit en effet se superposer parfaitement à votre pôle magnétique et aux pôles de la grille magnétique de la vie intraterrestre d'Urantia. En réalité, le pôle géométrique représente la désignation globale de l'activité magnétique.

envoler vers des sujets plus globaux. Tout répond à un choix. Je suis votre évolution issue des forces énergétiques entre les lignes, entre les mots, ceux-ci ayant comme but de favoriser l'intégration des informations et de faciliter les articulations des lignes et des vortex d'énergie. Chaque livre vous mène graduellement vers une élévation de la conscience et des lois universelles. Le plus important reste à venir, en son temps, certes.

Je me dois d'être ferme, intransigeante parfois et amour envers vous. Toutefois, l'Amour recèle deux visages : la douceur et l'autorité. Dans le but de rééduquer votre vision des forces masculine et féminine et de contribuer ainsi à l'équilibre entre les deux, j'ai épousé l'autorité de l'Amour. Aussi, mes propos se moulent-ils sur ce choix. Vous êtes les artisans de cette intervention sans ambiguïté. Quand vous accepterez de jouer et de vous balancer facilement d'un pôle à l'autre (masculin/féminin), alors autant mon ami que moi-même reprendrons notre tonalité.

Nous devons aujourd'hui vous instruire d'un grand nombre de données propres à votre Terre, à vous-mêmes et à des secteurs universels. Je sais, vous songez que ma forme de révélation vous plonge dans le souci de comprendre mes propos. Néanmoins, les forces transmises au fil de ces lignes éclairent votre aura d'une lumière activant ces compréhensions.

Je vous suggère encore de lire plusieurs fois ces passages en apparence délicats. Automatiquement, les informations se placeront selon le schéma souhaité pour votre élévation. Je vous invite une nouvelle fois à prendre un cahier et à inscrire les informations par sujets. Enfin, je suis avant tout un professeur devant une classe d'étudiants jouant à la perfection ce rôle alors qu'ils sont à l'origine de ce passage du temps. Je tiens également à préciser mon approche différenciée dans l'élaboration des livres, des conférences et de la structure des Cercles de Paroles.

Les livres sont des manuels d'études ; les conférences, des échanges au cours desquels je reprends un extrait d'études, l'éclairant et agissant directement sur votre aura ; les Cercles de paroles sont surtout des réponses à vos questions, cherchant à vous relier à la loi du autour-sur-dedans. Ces trois actions agissent directement sur la loi d'échange.

Je vous parle souvent de l'échange et de la nécessité de le réinstaller dans votre quotidien. Certains d'entre vous pensent que cela est chose facile. À l'usage, vous reléguez toutefois cette notion au plus loin, au plus profond possible de vous-mêmes. Elle vous dérange et vous déstabilise ; parfait ! Afin de maîtriser cette loi, cette force, l'échange vient vous titiller, et nous serons plusieurs à vous entretenir de cette nécessité. Par conséquent, comme pour d'autres sujets, vous serez saturés du rappel de son existence.

Votre planète s'ouvre actuellement aux échanges intergalactiques. Aussi, vous, humanité résidente d'Urantia Gaïa, vous positionnez dans l'obligation (c'est inévitable) de regarder, de comprendre, d'assimiler et de maîtriser la loi d'échange. Tout blocage dans votre corps correspond à un nœud d'incompréhension de cette loi. Voici notre motivation : vous rééduquer afin que cette loi redevienne fluidité et le moteur de votre vie, la réalité étant très simple.

Nos cours d'éducation pour résidents universels visent le retour des échanges dans chaque secteur du grand sidéral. Nous avons volontairement choisi de commencer cette rééducation par votre planète, donc par vous. Comme elle est située juste à la périphérie de ce Cercle atomique de Vie, votre influence pénétrera le cercle extérieur, se répandant ainsi dans les six autres Super-Univers puis au cœur même du grand sidéral.

J'aimerais vous entretenir de la zone délimitant notre Cercle atomique de Vie comme de la zone non organisée mais en voie de l'être. À l'origine, un cercle d'énergie fut posé en vue de créer une zone de référence où le premier théâtre de Vie pourrait s'ébattre. Progressivement, ce grand secteur s'anima au fur et à mesure de la naissance des vaisseaux spatiaux dits planètes. Ces sphères de Vie, devant accueillir des Êtres de lumière, investirent le grand sidéral depuis son cœur vers la périphérie. Aujourd'hui, tout le cosmos est visité par les vaisseaux porteurs de vie.

Les lois de mouvement sont moins dénaturées au centre. Le grand pari lancé par les Maîtres et les Sages des Univers demeure une intervention à cette périphérie afin de renvoyer les rayons de lumière correctement polarisés vers le cœur. Ce fut là la première grande intervention pour vous et Urantia Gaïa. Vous représentez le test de référence ; après les premiers résultats, nous irons effectuer la même action sur d'autres planètes stationnées à la limite de ce Cercle atomique de Vie. Nous devions choisir un lieu de test. Comme votre système solaire présente de nombreuses particularités, si notre pari s'avère une réalisation positive, alors nous serons certains des résultats ailleurs.

Nos espoirs d'amener le grand sidéral à sa maturité résident dans nos interventions extrêmes et vous êtes situés justement dans les secteurs excentrés. Dans ce choix, nous pouvions retenir notre présence et nos actions sur des vaisseaux calmes ou agités. Nous avons opté pour cette deuxième possibilité, où s'offraient plusieurs degrés dans l'état rebelle à l'harmonie. Là encore, notre décision porta sur l'exception, et un seul nom correspondait à l'extrême de l'extrême : URANTIA.

Progressivement, nous avons élaboré un plan privilégiant un retour par étapes dans la Lumière, mais les Urantiens, tellement habitués à agir selon leur volonté, montrèrent des réticences. Initialement, nous avions un espace-temps long à notre disposition. Pourtant, l'évidence fut pour nous de devoir agir avec plus de détermination. Aussi, quand nous vîmes l'espace-temps se réduire considérablement, nous dûmes prendre des décisions sans tenir compte du libre choix des habitants.

Nous avons ainsi élaboré notre intervention selon un schéma précis en gardant l'espoir de votre soutien dans nos efforts. Mon ami Kryeon entra dans son service quand, enfin, quelques étincelles de Vie réagirent à nos stimulations. Notre travail devient maintenant plus aisé. Autour de votre planète, nous constatons un peu partout l'émergence de petites lumières appelant la lumière des étoiles. Ceci favorise grandement les chances de succès des interventions majeures pour l'harmonisation et la maturité du grand sidéral.

Cessez de ne regarder que vous ; vos décisions modulent sans cesse le devenir de tous, ici et ailleurs. Bientôt, les échanges prendront plusieurs visages. Aussi, préparez-vous à ce retour consciencieusement. Il faut retrouver votre mémoire d'enfants universels. Voici pourquoi les liens familiaux sont autant travaillés de façon à élargir votre cercle de relations. Tous ceux et celles qui sont attachés à des liens familiaux étroits se conditionnent à vivre de grandes épreuves pour ouvrir ce cercle relationnel restrictif et y inclure d'autres membres, même si ceux-ci ne sont pas de leur famille de sang.

Votre concept de la famille souffre d'obscurantisme et refoule tout être voulant participer à l'expérience d'un groupe. La famille de sang souffre et doit ouvrir ses portes à toute famille, qu'il s'agisse d'une humanité d'appartenance ou d'humanités jumelles ou universelles. Le concept familial s'effrite de manière à se remodeler un nouveau visage. Là aussi, si vous désirez vivre le moins de souffrance possible, travaillez votre regard-sentiment-pensée dès à présent et intégrez dans ce concept tout corps animé revêtant une autre enveloppe ou un véhicule différent.

La famille s'étend aussi bien aux minéraux, aux végétaux qu'aux animaux, à l'air, à l'eau, au feu, à la terre, aux étoiles, aux microbes, aux virus, etc. Aujourd'hui, trop de membres de la famille cosmique sont employés à l'encontre de l'harmonie du Tout. Je vous ai parlé des virus, des bactéries, et peut-être en êtes-vous choqués.

Comme j'en suis heureuse. Cette famille-là participe à la restauration de votre lumière en déclenchant des évacuations et en éliminant une partie de vos scories ou des résidus émotionnels. Jamais vous ne songez à les remercier de ces activités ponctuelles et synchronisées avec vos appels.

Voyez-vous, votre concept familial est vicié par un regard-sentiment-pensée mal qualifié ! Vous préférez regarder les étoiles et les intégrer avec aisance dans votre ouverture de conscience ; toutefois, il vous faut équilibrer votre vue en y intégrant l'infinitésimal, soit tout un monde vivant et œuvrant à l'harmonisation du tout. Sans microbes, vous ne pourriez connaître la santé ! Ce sont d'excellents ouvriers de la Lumière et de son avènement.

La science repose sur eux, leurs actions transforment la géométrie sacrée dans les mondes physique et subtils. Je ne vous parle même pas de les aimer ; c'est sans doute trop tôt ! Pourtant, ils ne font que vous obéir ; y avez-vous songé un seul instant ? Non, je le vois bien, mais qui sait ? Mes propos vous amèneront peut-être à une saine réflexion.

Régulièrement, je vous emmène vers *l'intérieur* de l'intérieur. Ceci permet votre ancrage au centre de la Vie. Vous levez trop les yeux vers les étoiles de votre firmament ; effectuez donc la même opération vers le monde interne et vous y découvrirez une similitude troublante. La Terre, telle que vous la concevez, n'existe pas. Votre plan de vie assure l'équilibrage des deux forces interne et externe ; c'est le médian de ces deux pôles. Votre balance cosmique se déséquilibre trop grandement. Aussi, vous instruire au sujet des mondes interne et infinitésimal revêt une urgence.

En abordant ce thème, je tiens à préciser ceci : tout collectif d'Êtres de lumière se divise en trois sections dont l'une s'installe dans le monde interne, l'autre dans le monde externe et une dernière sur le monde médian. En l'occurrence, j'ai des amis positionnés au cœur d'Urantia Gaïa comme dans la croûte terrestre, d'autres encore se stabilisant derrière Jupiter. Quant à mon groupe, il attend avant de fouler votre monde, votre réalité et, là encore, il se divisera afin d'ancrer des forces sur les quatre parties de la surface terrestre devant jouer un rôle décisif dans le retour de l'harmonie et de la Famille universelle. (De manière à répartir régulièrement nos énergies, nous avons retenu le méridien de Greenwich et l'équateur. À partir de ces deux lignes, nous avons ainsi obtenu quatre parties à la surface extérieure d'Urantia.)

# SEPT

# LE RENDEZ-VOUS PRÉSENT

Le Noir et le Blanc équilibrent les deux plateaux de la balance cosmique en permanence. Cette grande vérité est mise au jour et, pourtant, voilée par votre incompréhension de cette loi. Aussi, de manière à vous propulser au cœur de celle-ci et de ses facettes interactives, votre monde physique incarne-t-il les désordres dus à l'oubli de cette vérité.

Regardez comment vos races s'affrontent ; la race blanche voulant incarner à elle seule *LA vérité*. La race noire, quant à elle, cherche à refléter une sagesse sans temps, cette sagesse même qui ne peut muer sans refléter un visage encore plus glorieux.

Nous assistons à un combat démesuré autant dans votre densité que dans votre réalité subtile. Mais je vous mets en garde, la force du blanc ne peut anéantir celle du noir. La race noire a réglé ses erreurs passées ; elle a traversé ce long corridor d'épreuves avec dignité et en conservant l'acquis du savoir reçu. Aujourd'hui, les forces cosmiques en jeu rappellent à ces deux intervenants la nécessité de rétablir le respect et l'amour entre eux. Certes, leur mémoire ancestrale s'est vidée d'un reliquat pesant d'actions communes et, en apparence, défavorables au peuple noir mais, sans leur jeu passé, la race blanche et la race noire n'auraient pas travaillé autant leur reconnaissance de la Lumière dans ses faiblesses et ses forces. Disons également que votre humanité s'est divisée en plusieurs races (ou couleurs) dans le but de travailler l'ancrage des rayons de couleur, le blanc et le noir n'étant pas intégrés à la notion de couleur. L'ultime épreuve de votre humanité réside justement dans l'affrontement de la non-couleur, c'est-à-dire du noir et du blanc.

Aujourd'hui, cette humanité vit sa phase cruciale, soit un vis-à-vis difficile de ces deux non-couleurs annonçant l'arrivée de la couleur sur Urantia Gaïa. Bien sûr, la couleur fait partie de votre paysage extérieur mais pas encore de votre réalité intérieure.

N'oubliez jamais qu'avant de connaître l'aventure interne, ses prémices se vivent sur le théâtre de la Vie, en l'occurrence dans les jeux de la dualité extériorisée. Doucement, cette présente crise se dessine ; que va-t-il en ressortir ? Le mystère demeure grand malgré les premières esquisses enregistrées.

La race blanche a vécu sa période de despotisme envers la race noire. La phase délicate s'amorce : l'acceptation de côtoyer d'anciens protagonistes vous est proposée. L'acceptation des forces du Noir et du Blanc, rien d'autre en réalité. Vous pensiez à autre chose ? Non, la vérité réside dans la phrase précédente, L'ACCEPTATION des réalités du NOIR et du BLANC. Tel est votre enjeu du moment, et pas n'importe lequel, car il s'agit du plus grand, du plus fort, du plus déstructurant, du plus subtil et, sans nul doute, du plus ultime test d'une humanité dans la quête de son identité.

Quand vous ouvrirez les portes à la couleur, vous utiliserez la base essentielle et vitale du Blanc et du Noir. Pouvez-vous comprendre l'aimante action de ces deux pôles d'une même énergie mimant des illusions afin de vous donner une force dépassant votre imagination ? La roue de la Vie se meut en figure de huit, de façon à créer un vortex de transformation le moment venu.

∞

C'est un passage sans cesse proposé dans votre course vers la reconnaissance de l'identité. Dès l'accomplissement de chaque boucle complète, vous passez par deux fois au centre : tout d'abord après le parcours du pôle Noir ou Ombre, puis après le Blanc ou Lumière. La porte entre ces deux visages de la Vie donne la structure à votre être qui souhaite s'élancer vers les hauteurs de l'Esprit ; c'est la porte des couleurs et de la multitude de dimensions.

Afin de vivre pleinement le nouveau jeu, vous devez installer la paix dans votre regard-sentiment-pensée et accepter les deux plateaux de la balance, avec ses perpétuels déséquilibres, avant d'arriver au cœur de l'amour inconditionnel. Pas de paix en soi, pas d'amour à donner, donc un non-équilibre des énergies et un autre parcours de l'être dans la roue de la Vie et des incarnations. Travaillez votre paix et vous trouverez l'amour ; le Noir et le Blanc s'harmoniseront et vous guideront vers la porte de sortie. Actuellement, les événements sociaux se prêtent à cette possibilité. Aimer sans condition ; voilà votre défi.

Ce rassemblement à Johannesburg (Sommet des Nations unies de 2002) représente un espoir d'épousailles entre les races blanche et noire. Remarquez comment, encore une fois, l'Afrique vous accueille en son sein et désire être la nourrice du respect de l'environnement. Le Sommet de Rio a ébranlé les assises de l'égoïsme mondial ; à Johannesburg, de nouvelles fissurent s'enregistrent.

Dans le peuple urantien, des actions suivront ce rassemblement. Nous attendons davantage de prises de position dans le collectif humain que de la part de vos dirigeants. Vos revendications obligent ces derniers à réagir ; continuez, vous obtiendrez des résultats concrets. Urantia Gaïa écoute vos positions. Plus le respect s'installera dans votre regard-sentiment-pensée, dans vos gestes et dans vos paroles, plus elle modifiera ses réactions géophysiques. Toutefois, vous qui constituez le peuple urantien n'avez qu'à mettre en place une grande chaîne fraternelle d'amour et de conscience. LA PAROLE EST AU CENTRE de votre apaisement et de votre guérison ; par conséquent, elle est au centre de l'apaisement et de la guérison d'Urantia Gaïa. Aujourd'hui, vous demeurez les victimes des forces des pôles NOIR et BLANC ; vous devez vous hisser jusqu'à la maîtrise de ceux-ci.

Comprenez-vous la différence ? Ne plus subir mais bien devenir tous complices et partenaires en usant tantôt des forces du Noir, tantôt de celles du Blanc. Le cycle des incarnations vous éduque en ce sens. Pourtant, je vous arrête tout de suite, maîtriser le Blanc et le Noir ne donne nullement le droit de faire du mal à son prochain. Nous, ici, usons des forces du Noir de manière à éclairer celles du Blanc puis à diriger un candidat sérieux vers la couleur. Après un déséquilibre marqué dans les deux pôles de base, vous êtes appelés à sortir de ce puits sans fin.

Oui, je sais, vous avez énormément de mal à concevoir la Lumière comme un piège aussi grand et raffiné que l'Ombre ; pourtant, il en est bien ainsi. Vouloir être un *Être de lumière* indique la même tendance égotiste exprimée lors de la visite de l'Ombre. Les deux côtés du miroir se positionnent sur une ou l'autre face du miroir égotiste et n'ouvrent pas la possibilité de regarder le miroir en entier ! L'arrivée de la couleur et de sa multiplicité d'expressions souligne les zones non explorées du duo Noir et Blanc.

L'affectivité et l'égoïsme vous réservent encore des surprises, à moins que votre volonté ne manifeste les prémices du désir de maîtriser ce jeu, raffiné ou grossier, de la dualité. En réalité, la dualité demeure bien cachée au centre de la non-couleur, piège subtil, puissant et déterminant dans la vie du corps-âme-esprit. Avant de quitter la matrice de ce jeu de la personnalité, la non-couleur reste un ferment et une initiatrice au service de la Vie. Vous ne changerez pas ce partenariat, juste votre regard-sentiment-pensée sur vous-mêmes, en reconnaissant tous les rouages interactifs de ces deux pôles.

Remarquez comment l'Afrique, matrice de l'expansion de Vie sur Urantia Gaïa, porte la dualité en son sein. Regardez ce pays souffrant de l'abus de pouvoir, la race noire vivant les affres égotistes d'une minorité d'elle-même. Toutefois, progressivement, et juste avant le point de non-retour, sa sagesse ancestrale repartira à la conquête de son identité et réussira ainsi à endiguer définitivement le côté noir de la race blanche.

Je vais travailler au pourrissement de la fausse personnalité et aider la race noire à retrouver le chemin de sa dignité. Je ferai en sorte que la race blanche ne court pas à sa perte et j'appuierai personnellement le mélange de toutes les races en vue de créer une souche unique au service de la Vie ayant intégré le savoir obtenu par la dualité de la non-couleur, soit une lignée issue de la plurialité et œuvrant à l'installation de la couleur sur Urantia Gaïa. Cela se fera ; cette réalité prend déjà racine dans l'esprit collectif. La porte étroite du cœur oblige chacun à sélectionner son proche avenir.

En nous penchant sur votre passé, nous observons un besoin d'assouvir à tout prix votre soif de pouvoir exprimée à l'extérieur de votre réalité. Cela a donné toutes les formes d'esclavage. Vous avez aboli l'esclavage du peuple noir par le peuple blanc, il vous reste à éliminer celui du peuple blanc par le peuple blanc puis, enfin, à en affronter toutes les formes subtiles installées à la surface d'Urantia Gaïa. La plus terrible des déconvenues consistera à reconnaître le modernisme comme la forme la plus raffinée de tout l'esclavagisme déjà répertorié.

Encore une fois, je n'ai rien contre toute amélioration de votre expression physique sur cette terre, mais à une seule condition : celle d'y introduire l'amour, le respect et la dignité de l'autre en lui accordant la possibilité de choisir sa vie. La conscience collective souffre de despotisme patenté. Aussi, avec cette décennie importante, la restitution du libre arbitre inaugurera le retour de la conscience maîtrisée.

Attention ! Vos politiciens prônent le retour d'un pouvoir policé, soit d'un confisquement de la liberté. Vous êtes sous une forme de liberté conditionnée à peine voilée. Tous les partis se sont entendus dans ce sens mais, comme toute forme d'inquisition, cette mainmise sur la personnalité attire déjà les événements visant à desserrer l'étau.

Votre corps physique enregistre les fluctuations de l'esprit collectif. De cette manière, il absorbe les vibrations nécessaires à l'expulsion des scories l'encombrant. La présente période demeure prolifique et met en résonance les schémas dissonants accumulés tout au long des expériences passées.

J'aimerais vous inciter à cesser toute critique des événements mondiaux et à prendre une position ferme. Voyez-vous, en vous observant, nous remarquons un flot humain important installé dans le jeu de la critique, préférant ainsi prolonger l'endormissement. Nous aimerions plutôt vous voir vous regrouper, discuter, envisager des changements d'attitude et, enfin, passer à l'action. Certes, ceci se déroule déjà chez un petit nombre d'entre vous et les bienfaits s'en font ressentir. Nous ajoutons que ces efforts doivent atteindre l'humanité entière. La sagesse ancestrale se propage dans des soirées ou des réunions en laissant la parole couler. Bien des conflits furent désamorcés ainsi. Dans vos jours présents, l'ordre mondial cherche justement à éviter que de telles rencontres puissent avoir lieu. Aussi, vous, les amoureux de la Vie, renouez avec cette sagesse. Redonnez place à vos « vieux » et pensez à inviter vos « jeunes » ; vous serez étonnés de tout ce que vous entendrez. Peut-être comprendrez-vous l'importance de l'enjeu actuel.

La sagesse circule en chacun de vous quand les intérêts mercantiles ne dominent pas l'esprit. Encore une fois, avant de pénétrer l'espace des couleurs avec leur large champ d'expériences, vous devez acquérir la sagesse inhérente au Noir et au Blanc.

Les civilisations passées ayant laissé des traces dans la mémoire collective ont progressivement élargi l'assise de la sagesse et de la connaissance. Aujourd'hui, vous vous apprêtez à un nouvel élargissement ; les événements extérieurs favoriseront la découverte d'une plus grande sagesse. Retrouvez la joie de vivre cette période intense et n'adhérez surtout pas au fatalisme ni au fanatisme.

Nous ne vous demandons pas de devenir « raisonnables », car vous ne le pourriez pas. Vous n'avez pas été conçus dans ce moule, votre mission consistant à éprouver les acquis antérieurs, à y déceler les failles, les forces et à y établir de nouveaux moules pour l'expression de la Vie. Dans cette démarche hésitante, nous vous conseillons de vous appuyer sur les forces de la sagesse ancestrale et de délaisser les moules aujourd'hui affaiblis de vos anciens ; à la place, vous devez proposer de nouveaux champs d'expression. En acceptant de concevoir les formes nouvelles, vous conduirez la sagesse ancestrale vers un cercle agrandi d'elle-même.

Les téméraires actuels forment une bulle s'étirant à partir du présent cercle afin de délimiter un champ d'action plus grand. Alors, un laps de temps sera offert pour cette exploration et sa reconnaissance, et pour l'établissement d'une cartographie des points positifs ou négatifs, afin d'en tirer les leçons propres à la naissance d'un autre cercle. Ces heures proposent l'intégration des leçons issues de l'ouverture de conscience effectuée il y a deux mille ans. Vous ne pouvez entreprendre une autre reconnaissance sans échanger d'abord vos impressions et envisager une forme de vie pour la Vie. Ne l'oubliez jamais : vous êtes les créateurs de votre passé, de votre présent et de votre futur. Votre esprit féconde les matrices de Vie rencontrées, et cela en permanence.

Il est donc intéressant de souligner que la matrice du Blanc et du Noir est en réalité neutre et non influente tant que vous, créateurs et concepteurs, n'adombrez pas sa matrice. Encore une fois, l'extérieur reflète l'intérieur et non l'inverse. Songez en permanence au miroir ; il ne peut rien sur votre vie mais reflète l'image que vous lui envoyez. Votre regard-sentiment-pensée enregistre alors tout un flot d'émotions dues à votre projection. Le miroir demeure neutre, sans aucune action concrète sur votre vie, son pouvoir restant limité à sa fonction : celle de capter une image et de la restituer telle qu'elle se présente. Son pouvoir est donc limité et assujetti à votre regard-sentiment-pensée. Vous, créateurs, ressentez le besoin de rencontres afin de préciser votre situation, vos projets et le chemin à parcourir encore ; pour cela, vous appelez des miroirs.

Votre société, ou humanité, agit de la même manière dans le but de déterminer une nouvelle stratégie en cherchant des miroirs. Aujourd'hui, vous avez désigné l'Amérique comme miroir de votre présent. Aussi, ne vous étonnez pas de recevoir des leçons (douloureuses) de celle-ci. On ne remet pas son pouvoir ! Les tables rondes de vos dirigeants permettront quand même un éveil, mais le ferment et le décideur de celui-ci demeurent bien vous-même, humanité d'Urantia Gaïa. Vos dirigeants sont vos miroirs, rien d'autre ! Alors n'attendez pas qu'ils prennent les décisions que vous souhaitez.

Commencez par mettre en pratique ces désirs de respect, d'amour et de bien-être ressentis au fond de vous. Vous vivez la reconnaissance de l'égalité et de la fraternité. Désormais, vous partez au-devant de l'égalité, ayant déjà exploré l'inégalité, et pour cela vous avez emprunté la matrice du Noir et du Blanc, neutre de son état ! Vous explorerez ensuite la fraternité, toujours par le biais de l'Ombre/Lumière (Noir/Blanc). À chaque spire effectuée dans votre ascension de l'esprit et de ses états divins, vous passez au-dessus du point initiateur, en l'occurrence l'Afrique sur votre sphère de Vie. Vous voici donc au rendez-vous incontournable où votre mère patrie vous attend et vous rappelle que vous portez tous en vous son origine.

*Vous ne pouvez tuer l'Afrique sans vous tuer.*

Je ne parle pas de condamnation mais bien de meurtre. N'agissez-vous pas comme des assassins ? À divers degrés, bien sûr ! Mais l'indifférence reste une autre façon de tuer un être à petit feu. Dans ce livre, j'insiste énormément sur la reconnaissance du pays mère et géniteur de toutes les humanités. Avec le retour de l'énergie féminine, un rendez-vous certain vous ramène justement là où tout a débuté. Aurez-vous le courage d'aimer votre terre nourricière, l'Afrique ?

Oui, vous résidez sur un continent ou un autre, mais il n'en demeure pas moins que la vie a pris naissance là-bas en Afrique et que, sans elle, vous ne seriez pas ici à vivre une fabuleuse aventure. En vue de vous émanciper d'Urantia Gaïa ou d'y rester pour entamer une carrière exceptionnelle, nous vous plaçons dans l'obligation de régler les reliquats d'attitudes erronées envers ce lieu. Ceci permettra à un grand nombre de revoir leur approche de la Mère cosmique et, par conséquent, de mieux se positionner au sein de l'énergie féminine. Ce rayon de création rouvre ses portes, et si vous pénétrez ce sas avec vos erreurs comportementales, à n'en pas douter vous vous engouffrerez dans une violente spirale d'épreuves. Si vous êtes sincères, laissez de côté vos élucubrations mentales et devenez des étudiants amoureux de la Vie et de la fraternité.

À tous ceux et celles d'entre vous aux prises avec des détracteurs de la multiplicité de formes de vie, je transmets un conseil précieux : vous n'avez pas à défendre la pluralité, vous n'avez qu'à vous centrer dans l'énergie de Vie. Vous êtes tous plus ou moins affaiblis par cette traversée courageuse mais éloignée de votre chez-vous. Aussi, travaillez à regagner un taux vibratoire suffisant en vue des changements à venir. Quand ces derniers surviendront, ces mêmes détracteurs viendront vous voir et vous poseront une foule de questions. Si vous ne vous êtes pas assez préparés à cela, alors vous ne pourrez remplir votre rôle.

Je connais tous ceux et celles qui sont emprisonnés dans ce filet de rhétorique. Beaucoup cherchent à prouver que la vie existe ; le jour où ils comprendront la futilité de leur comportement, de fait ils adopteront l'attitude juste et leurs proches admettront l'existence probable d'un autre horizon. Il n'y a pas à convaincre, mais à *ÊTRE*.

Je vous le dis encore une fois, vous perdez votre

énergie inutilement, sauf si votre miroir est justement celui-là, mais dans ce cas, la Lumière de Vie vous ouvrira les portes et illuminera vos pas. Si tel n'est pas le cas, acceptez votre place et ne cherchez pas à usurper le travail d'un autre. Nous préférons de loin vous voir regagner le centre de vos énergies et vider vos sacs mémoriels. Si vous rencontrez autour de vous des détracteurs, nous sommes certainement à l'origine de cette situation afin de vous enjoindre à regagner votre chemin. Nous vous aimons assez pour construire de tels rendez-vous lorsque nous vous attendons ailleurs.

Le jeu proposé par l'Ombre/Lumière, matrice du Noir et du Blanc, demeure sans conteste la reconnaissance de sa propre filiation et l'acceptation de pénétrer dans la fluidité de la couleur. Étrange, les enjeux planétaires sont tous dirigés vers les pouvoirs du Noir ! Remarquez comment le peuple blanc cherche encore à dominer le peuple noir, le privant du nécessaire vital, pillant ses richesses, écrasant sa sagesse ancestrale et méprisant l'honneur et la beauté de cette race. Oui, on mime et on promet, mais la réalité parle du besoin de pouvoir encore grand du peuple blanc sur le peuple noir. Le jeu grossier de cette humanité cache ses jeux subtils de l'ego.

Votre planète entre en mutation. En l'occurrence, le peuple noir doit retrouver une place digne dans cette humanité, et cela laissera l'énergie du règlement à la future race. En effet, il sort de son lourd karma et son sac mémoriel appelle des événements pour s'épurer. Si vous, peuple blanc, n'avez nullement réglé le problème noir dans votre esprit, votre cœur et votre attitude, alors le rendez-vous avec le peuple jaune risque d'être sévère. Avant le mariage des races, la paix devra être installée entre toutes ; même si vous n'y croyez pas, cela sera. Voilà pourquoi vous rencontrez aujourd'hui autant de détracteurs. Le devenir d'Urantia Gaïa sort de son impasse et entre dans le mouvement. Les jeux égotistes d'un petit nombre ont servi la multitude. Tous ont été ainsi poussés dans les plus lointains retranchements de la personnalité.

Le Blanc, le Noir ou le Noir et le Blanc vous ont piégés, englués, trompés et fourvoyés dans l'illusion la plus totale de la quête du *spirituel.* Le Graal demeure caché en chacun ; inutile de courir après celui d'un autre, aussi illustre soit-il. Nous vous convions à la reconnaissance de votre Graal, ce trésor inestimable inviolable et cependant endormi. Il est la Belle au bois dormant attendant son valeureux chevalier : vous, rien que vous. Il n'y a pas de *spiritualité* ; seuls existent des leurres, encore des leurres toujours des leurres. Admettre cette grande vérité vous mènera vers votre plus grand rendez-vous, celui d'une rencontre avec la Lumière des lumières tapie dans vos ombres. Vous touchez le grand maître des maîtres, vous, le créateur parmi les créateurs, vous, et également le plus grand des illusionnistes, vous. Après bien des chemins parcourus, une découverte puis l'autre, éloignement sur éloignement, fatigués, sans illusions, baissant les armes, reléguant le preux chevalier dans les oubliettes, vous serez enfin aptes à recevoir avec humilité la Source de Vie, jamais tarie, prête à vous abreuver de son nectar, coulant là en silence au creux de votre poitrine.

Mais serez-vous prêts à écouter mes paroles, à plier genoux, à baisser le front, à lâcher prise et à vous mettre à nu devant le Soleil des Soleils ? Je ne peux répondre à cela, pourtant mon amour fraternel souhaite vous indiquer la route à suivre. Je me dois, là où je suis, d'accepter encore et encore de vous voir refuser la simplicité et la fin du voyage dans l'Ombre et la Lumière.

Le retour de la féminité ou de l'énergie mariale cherche à vous mener dans le plus beau des temples des Univers. Il n'y a rien à prouver, vous ÊTES déjà ; toutes ces épreuves sont-elles vraiment nécessaires aujourd'hui ?

Oui, nous avons besoin d'êtres ayant une tendance kamikaze dans le but d'ouvrir de nouveaux chemins d'exploration. Cependant, la relève étant assurée, il est juste et bon de voir certains d'entre vous regagner leur demeure et trouver du repos. Votre idéal devenant celui des nouveaux élèves de la dualité, la route de ces derniers différera de la vôtre puisqu'ils s'appuieront sur vos découvertes pour les amener plus loin, offrant une spire de plus à la Vie.

Il est temps de vous présenter à votre rendez-vous suprême et de regagner votre souveraineté.

Le lâcher-prise actuel soumet votre dépendance à des montées d'adrénaline dues à de fortes expériences. La sagesse demeure dans l'acceptation de passer le relais à la nouvelle génération d'élèves de la Lumière Vie.

# HUIT

# NOUS, VOS FRÈRES DES ÉTOILES, RENDONS GRÂCE

Le couronnement d'une planète est un moment inoubliable dans l'évolution d'un secteur universel, petit ou grand.

Urantia Gaïa a émis une volonté : celle d'être candidate à son parachèvement. Quand les Sages de l'univers local ont reçu ce signal, une grande liesse s'est manifestée dans leur cœur, débordant jusqu'aux hauts responsables des rayons qui avaient à déterminer si oui ou non il était recevable et dans quel secteur de temps cela pourrait avoir lieu. Ils examinèrent aussi les faiblesses encore trop présentes et arrêtèrent les actions à entreprendre en vue de lui apporter de l'aide. Cet apport est récent, moins d'un siècle. Alors, inutile de le préciser, le résultat ne se concrétisera pas dans les dix ans à venir. Cependant, ces années détiennent un pouvoir important quant à la possibilité de rapprochement de cette réalisation.

Le Conseil des Sages de l'univers local rendit compte de ses observations aux grands Sages de la section universelle plus grande, puis un grand symposium s'organisa où tous les dignitaires en poste dans les mondes finis prirent la parole. Chacun argumenta sur la résolution à prendre et sur le choix des intervenants pour ce nouvel espace de réalisation. Une planète émettant un tel signal engage l'avenir de bien d'autres, d'étoiles et des responsables en place. La trajectoire retenue, il fut demandé à Urantia Gaïa d'accepter de s'engager sur cette voie afin de parvenir à son but.

Depuis, plusieurs soleils, planètes, étoiles, comètes et météorites se sont portés volontaires pour encadrer cette haute naissance d'un Être cosmique. Chaque pas effectué représente une naissance dans un cercle d'influence et, forcément, une mort initiatique à l'ancien mode de fonctionnement. Urantia Gaïa s'est donc engagée sur une voie tracée non pas par elle mais par les Gardiens du temps, ceux de l'espace, de la mémoire et des énergies non utilisées.

Dès lors, Urantia Gaïa procéda à son changement de trajectoire. Au cours de ce mouvement, elle laissera tout ce qui l'encombre, dont le lest susceptible d'entraver son arrivée au but. Urantia Gaïa quitte la zone nébuleuse du *autour*, se dirige vers le *sur* afin de s'ancrer *dedans* son but. Vous voyez, là aussi nous retrouvons la loi incontournable du autour-sur-dedans.

Pour votre jolie planète, le *autour* fut source de souffrance, cherchant à définir un but. Désormais, empruntant la voie émergeant *sur* le but, elle retrouve une activité exempte de toute attitude de victime. Alors, tout naturellement, votre propre volonté émettra une forme de courage repoussant et expulsant le fatalisme et le fanatisme. Vous êtes en droit d'espérer une modulation et une modération des réactions viscérales. Cet apaisement ouvrira une période plus chaleureuse entre vous.

Mettez à profit les énergies présentes et porteuses d'échanges fraternels. Ne passez pas à côté de ce qui se profile, car vous rateriez une occasion fertile de mettre en place le respect et l'amour inconditionnel dans votre corps-âme-esprit. L'amour inconditionnel demeure l'objet de tous ces efforts de compréhension. Vous devez le dépouiller de vos croyances à « devoir tout encaisser » pour vous attirer les « bonnes grâces de Dieu » ! Votre vision de l'amour inconditionnel entame seulement sa révolution.

Les événements à venir seront vos atouts ; sachez regarder, reconnaître, ne pas juger, vous prononcer en paroles ou en actions, ou encore en exprimant des idées neuves afin d'ouvrir les portes à l'humanité tout entière. Une fois de plus, il y aura des précurseurs, des meneurs ou des meneuses d'hommes et de femmes, et cela sera ainsi jusqu'au jour où chaque membre de cette humanité pourra tenir debout sans béquilles. Ce jour-là, notre présence ne revêtira plus les habits d'aujourd'hui et nous serons vraiment des partenaires. Pour l'instant, nous acceptons de jouer aux instructeurs et de diriger votre avenir tout en respectant votre volonté. La naissance d'une étoile nécessite beaucoup d'efforts de notre part et cela nous comble quand, enfin, nous assistons à ce couronnement.

En ce moment, nous réveillons une volonté déposée au cœur même de vos cellules. Le Grand Instructeur, souhaitant voir votre sphère de Vie pénétrer le cercle des étoiles, a déposé une somme de connaissances, là, en vous. Personne ne peut vous enlever ce savoir. Vos tourments jouent leur rôle à merveille, et vous voici en train de décrypter cet héritage afin de réaliser le vœu du Père/Mère primordial.

Nous nous attendons à des progrès dans vos attitudes, vos pensées et vos partages, mais sachez quand même que vous vous dirigez d'abord vers un marécage spirituo-affectif. Par conséquent, vous observerez une flambée de « j'ai raison, tu as tort ». Je conseille à ceux et celles qui sont sincèrement attirés par le but suprême de ne pas relever ces propos ni chercher à justifier leurs propres choix ; épousez-les, donnez-leur vie et réalisez-les de l'intérieur. Votre exemple parlera de lui-même.

À ce jour, vos sœurs les étoiles rencontrent cet acharnement à réfuter leur intelligence de Vie et leur vie. Ces entités reconnues et couronnées ne cherchent pas à prouver quoi que ce soit ; elles Sont et agissent. La petite dernière à naître fait face au même acharnement à nier sa réalité de la part de son humanité même. Le plus bel exemple offert à ce groupe sera justement la force tranquille et déterminée des êtres vivant sur les étoiles.

Bientôt, vous saurez faire la différence entre les entités évoluant sur une planète en cours d'évolution et les êtres habitant sur une étoile. Les comportements diffèrent, les uns se mouvant sur le paraître et la dualité, les autres sur l'être et l'unité. Une grande leçon vient vers vous. Vous devez rapidement déterminer ceux qui se rattachent aux pouvoirs du paraître, appartenant à la dualité et s'étant éloignés de la toute première notion de l'Amour, et à ceux qui sont immergés dans les lois cosmiques. Régulièrement, je reviens sur ce sujet, car vous pensez pouvoir les identifier facilement, mais si l'humilité ne vous habite point, cette leçon risque de vous réserver bien des surprises !

Les étoiles sont donc des planètes couronnées où la vie existe à un haut niveau d'intelligence et de luminosité. En vue des échanges futurs entre votre planète et les étoiles, plusieurs livres viennent vous visiter de manière à vous préparer à ce taux vibratoire très élevé. La force cosmique voyageant vers vous sera dans un premier temps source d'effondrement. Vous attendez la visite de vaisseaux et en verrez de toute provenance ; pourtant, ce sera la visite de ces hauts Êtres merveilleux se déplaçant dans leurs corps de lumière, soit sans vaisseaux, qui vous étonnera le plus.

Un vaisseau représente un outil précieux dans une séquence d'expériences précise. Malgré cela, il reste un outil et non une réalisation. Ne vous laissez pas hypnotiser par le ballet majestueux à venir dans votre ciel. Gardez bien vos forces ancrées au centre de vous-mêmes et recherchez la réalisation suprême. Les fleurs d'Esprit les plus belles demeurent celles que vous ferez épanouir à l'intérieur de vous avant de les voir prendre forme à l'extérieur de vous. Dans l'aventure future, la prudence et l'interrogation offriront un terrain fertile pour l'éclosion de votre bouquet de reconnaissance. Prenez appui sur votre acquis antérieur, n'ayez aucune indulgence pour vos travers, soyez doux dans votre jugement et maintenez votre but ultime à l'esprit. Ainsi, jour après jour vous recueillerez les plus belles fleurs d'Esprit ; suivront celles de votre âme et, enfin, votre corps profitera d'un repos bien mérité.

Vos sœurs les étoiles vous montrent un devenir réalisable rapidement si tel est votre souhait. Vous devrez construire un corps viable en fonction de votre but, l'animer avec la volonté et la complicité de votre âme et, enfin, le remplir du plus bel engrais cosmique possible : l'amour. Quand ceci sera enfin réalisé, votre esprit regardera cette animation et la sanctifiera en lui offrant des fleurs d'Esprit. Présentement, vous glanez ces fleurs en reconnaissant progressivement la nature de votre divinité et en changeant vos comportements de manière à aligner la volonté du corps et de l'âme sur celle de l'esprit. Quant au Verbe adombrant le moule, il intervient toujours en dernier. Et que vient-il dire ? JE SUIS.

Nous usons d'une pléthore de mots afin d'identifier, de découvrir finalement le *Je Suis*. Je vous assure que c'est là un exercice périlleux. Plus nous employons de mots, plus nous diluons la force première ou primordiale. Vos sœurs les étoiles vous apportent un exemple par leur usage parcimonieux des mots ; par contre, leur attitude tend vers la démonstration suprême d'*être* sans dispersion. Bientôt, leur côtoiement vous ouvrira les portes des limbes supérieurs de l'Esprit. La nourriture suprême des étoiles est la Lumière de Vie venant dans leurs atomes.

Laissez-moi aborder légèrement cette Lumière que nous reconnaissons comme différente de la lumière miroir, reflet de l'Ombre. La lumière atomique était à l'origine sans *états d'âme*, pure, sans scission, soit le rayonnement du Sans-Nom. Lors de l'émission du besoin de reconnaissance de son état, l'UN eut recours à un subterfuge : amoindrir sa lumière, la voiler et la différencier. Il créa alors une zone, dite définie, à l'extérieur de lui-même. Cette lumière différenciée travaille sous la dénomination Ombre/Lumière, et la Lumière primordiale, non transformée, sous le nom de Lumière de Vie. Dans cette dernière n'existe aucun désordre ni maladie, ni aucun artifice puisque la Lumière de Vie est la lumière du monde non défini évoluant dans tout son potentiel. Les étoiles attirent donc ce rayonnement du Cœur de l'UN et s'établissent *dedans*.

Le monde fini ou grand sidéral commence alors son aventure. Dans son but ultime, ce premier Cercle atomique de Vie évoluera entièrement dans la Lumière de Vie, permettant au Grand Constructeur d'amplifier son état premier en absorbant une somme d'expériences incommensurable ! Quand cela se fera, ce premier cercle deviendra la zone de référence de tous les secteurs à venir et la porte entre les mondes définis et le cœur du Maître Univers (la Création), lui aussi en formation. Si je devais employer une géométrie afin de dessiner le présent acte de la création, je choisirais un cercle à l'intérieur d'un autre, la base de la géométrie à venir. Celle-ci se déploiera autant en longueur et en hauteur que par l'interpénétration.

La Lumière de Vie implantera son faisceau au centre de cette complexité. Des satellites graviteront autour de cette Fleur de Vie, formation nouvelle. Vous avez rendez-vous aujourd'hui avec la Lumière de Vie ; elle vient vous visiter, vous interroger et vous nourrir. Pour cela, le langage des Seigneurs des Univers retourne sur votre planète et vos propres langues s'estomperont. Toutes les anciennes civilisations conscientes et en harmonie avec les frères des étoiles et l'intramonde emploient le langage des cieux. Les temps passés purent accueillir la communication au moyen des signes et des sons de l'univers local. Bientôt, un complément de signes et de sons vous sera offert pour vous permettre d'entrer dans votre ascension.

Attention ! Le verbe possède également des paliers d'expression. Ainsi, à chaque ascension, une planète intègre progressivement la puissance du Verbe. Urantia Gaïa s'avançant vers son passage dans la quatrième dimension, le langage des cieux revient vers elle. Un nouveau mariage se célébrera à cette occasion et les aînés de votre lieu de vie recevront les signes et les sons appropriés à l'adombrement de la Lumière de Vie qui vient. Celle-ci descend par étapes, et on peut dire qu'elle adombrera sa dernière manifestation sur cette planète en vue de s'ancrer un peu plus en elle-même. Elle a déjà infusé des germes, juste des germes ;

désormais, elle va se poser et s'enraciner en ceux-ci. Ce processus existe depuis toujours. La Lumière de Vie envoie des bulles de sa lumière et attend que ces dernières constituent une base assez solide avant de descendre directement.

En l'occurrence, Urantia Gaïa a déjà reçu ces germes ; maintenant, son rayon se dirige vers vous et s'appuie sur les germes préalablement déposés. Dorénavant, Urantia Gaïa ne pourra plus retourner à l'âge préhistorique de son aventure !

Les écrits de vos anciennes civilisations représentaient le Verbe en action en ces temps ; ils n'ont plus de force aujourd'hui et ne peuvent inaugurer les temps à venir, mais je crois qu'il est intéressant de vous en parler. La force des anciens provenait de ce Verbe incarné. Bientôt, ce verbe engendrera lui aussi une nouvelle expression. Aussi, lorsque les entrailles de cette planète recevront les archétypes appropriés aux temps nouveaux, la lumière se diffusera dans tout l'Univers.

Vous vivez une expérience extraordinaire sans en avoir conscience et, le jour où celle-ci émergera dans votre pensée, le dépôt du Verbe sera déjà effectué. Comme la Lumière de Vie arrive sur votre sphère, le Verbe vous donne une de ses plus hautes expressions. Ainsi, Urantia Gaïa s'ouvre à sa destinée suprême : devenir une étoile et le portail des mondes à venir.

Le langage, source de plaisir ou de déplaisir, offre un aperçu de la force du Verbe mais, à ce point, nous rencontrons un nombre croissant d'hommes et de femmes interrogateurs.

Que représente le Verbe en réalité ? se demandent-ils. Nous leur répondons ceci : une suite de sons articulés sur une variation d'intensités mettant en mouvement les forces des réservoirs attachés à l'un ou à l'autre, à chaque forme de son en action. Par exemple : le *JE* ouvre un type de réservoir, le *TU* un autre, et ainsi de suite. LE VERBE EST LE SON, ou vocable, en mouvement. Le son réveille chaque mémoire déposée dans la plus petite partie de la cellule d'un corps. De la sorte, un mot est souvent le déclencheur d'un état affectif vicié propulsant l'un d'entre vous dans une introspection. Cette force intelligente vous sert ou vous dessert au gré de vos rencontres. Rien ne peut être anodin dans le monde fini.

La perte du langage des cieux vous a propulsés dans l'ombre de votre Ombre, favorisant ainsi la prise de pouvoir d'une poignée d'hommes et de femmes en mal de cette expérience. En ce moment, ils vous dirigent en tentant de vous maintenir éloignés les uns des autres. « Diviser pour mieux régner », telle est leur maxime. Bien sûr, vous voir reprendre contact entre vous les inquiète, mais continuez, parlez-vous, reprenez conscience de votre pouvoir et de la puissance du Son sur la Vie, dans la Vie.

Les mots reviennent à présent vous visiter ; à cela, nous ajouterons l'écriture et l'articulation du vocable céleste. Alors, si vous souhaitez réellement voir la paix descendre sur la planète bleue, acceptez l'usage du nouveau langage des cieux. Réapprenez à parler une seule et même langue ouvrant la communication entre les planètes ! Avant de voir cette langue universelle arriver dans votre quotidien, son acceptation et l'intégration de ce changement revêtent une importance déterminante. Tout commence à l'intérieur de soi. Voici une autre porte à ouvrir, si vous êtes d'accord !

Oui, vous pouvez refuser, mais alors, vous continuerez à voyager dans la dualité. *Un choix, rien qu'un choix, toujours un choix.*

Quoi qu'il en soit, ce coin de l'Univers entre en mutation dans toutes les infimes parcelles de vie, avec sept portes à ouvrir, sept couleurs et sept sons. Ce long chemin devant soi, la patience encore mise à l'épreuve, le creuset de la transformation va surchauffer dans les mois à venir ! Du plomb grossier émergera le plus beau diamant de l'*être*. L'invitation se veut audacieuse, car ajoutons tout de même que cette planète est promise à sortir en une fraction de seconde de cet état aliénant la personnalité, afin d'entrer dans la liberté de l'expression mais aussi dans la responsabilité de ses actes et de ses pensées. Nous vous renverrons l'image de votre séparativité afin que vous puissiez en comprendre toute la lourdeur et le déniement de votre identité divine. Comment des êtres issus de Dieu (pour reprendre vos mots) peuvent-ils accepter l'idée de n'être que poussière ? *Dieu* est-il poussière ? Meurt-il ? Est-il limité ?

Le langage se révèle un piège formidable lorsque les mots sont manipulés dans le but de faire accepter ce qui n'a jamais été. Les mots portent la dualité Lumière/Ombre, réservoir d'énergies neutres au commencement. Voici donc venir la Lumière de Vie ; elle agira en faisant en sorte de vider tout réservoir, y compris ceux qui sont attachés aux mots, afin que ces mots ne soient plus vos maux. Des mots transiteront donc vers vous, vous emplissant de la force de la Lumière de Vie. Ne vous étonnez point de voir cette source en action vous déranger dans votre couronnement soporifique du non-être. Encore et encore, les mots étant vos maux, ils entreront en mutation. Et ce, afin de les lessiver.

Le langage des cieux venant vous visiter représente votre plus grand soin et le plus efficace. Dans ce renouveau et cette renaissance, le son linguistique usera de formes inédites, ceci pour vous prendre et vous emporter vers des sphères de réalisation inespérée. L'usure du temps a joué son rôle et vous voici *râpés* dans cet habit de non-lumière à la limite de l'acceptable ; je dis bien râpés, ce mot-là transmettant bien l'image que nous avons de vous.

J'aurais pu employer les termes *érodés* ou *sapés* mais, finalement, en vue de vous déstabiliser davantage dans vos retranchements, le mot « râpé » est l'idéal. Comment vous faire prendre conscience de l'état exact de votre situation et solliciter une bonne réaction de votre part sans heurter vos susceptibilités ? Voyez-vous, notre souci majeur demeure la susceptibilité dont vous faites preuve dès que nous soulevons un coin du voile de l'ignorance confortablement déposée sur votre corps communautaire. Ceci afin de jouer aux aventuriers rebelles !

Cette sensibilité soigneusement entretenue nous oblige sans cesse à jouer avec les mots, soulevant des tollés d'indignation ou de béates acceptations dépourvues de toute réflexion ! Dans le marécage de vos émotions en souffrance, notre rôle consiste à recourir à des énergies de lumière en équilibrant les mouvements engendrés. Parfois, j'insiste sur une donnée, parfois j'apaise. Je tiens compte du but visé et de vous, enfants divins farceurs, intrépides et boudeurs ! Voilà, les mots sont ainsi un exercice permanent dans le jeu de votre dualité. En réalité, ils sont ce que vous voulez bien en faire. Heureusement que derrière ces formes, je dépose des énergies subtiles créant les ouvertures proposées aux réalisations futures.

Aussi, les mots devront revêtir de nouveaux habits dans votre bulle d'expression. Commencez par les prononcer en toute conscience, sachant pourquoi vous choisissez celui-ci plutôt que celui-là, puis exercez-vous en groupe de façon que votre flux linguistique redevienne naturel, délié et sans ambages. Après seulement, nous vous aiderons à vous glisser avec aisance dans le langage des cieux.

Sur les planètes partenaires de la Charte solaire, une première langue est retenue pour les habitants, la deuxième étant le langage des cieux. Ainsi, les résidents trouvent leur identité propre avec leur langage planétaire, et leur épanouissement avec celui des cieux, se sentant ainsi inclus dans la grande famille universelle. Nous vous proposons le même devenir. Imaginez-vous un représentant de chacun de vos langages ayant encore cours devant un délégué de la famille universelle ? L'échange deviendrait titanesque, voire pratiquement impossible, sauf si nous déléguions des frères afin de traduire chaque dialecte. Le temps se profile favorablement, offrant l'occasion de dépasser l'usage des dialectes et de reconstruire votre propre famille résidente.

Vous ressemblez à une fratrie décidée à ne pas communiquer en son sein et élevant toutes les barrières possibles ! Quand vos frères et sœurs des étoiles viendront vous visiter, comment allez-vous vous y prendre pour échanger vos impressions ? Vous sortez de l'isolement, celui-ci se vivra sur tous les plans et la communication en fait partie. Avez-vous songé un instant qu'une pléthore de langues sert également à vous maintenir loin de votre centre de Vie, de vos frères et sœurs des étoiles et des êtres vivant au cœur de cette Terre ? Ajoutons à cela la perte de communication entre les différents règnes ; oh, je dois le préciser, uniquement dans le sens de vous vers eux. Vos voiles ne sont pas déposés sur leur aisance à eux de partager. Bien sûr, ils peuvent faire semblant de… mais ne vous y trompez pas, car ils reprendront le partage et l'échange des mots lorsque votre retour sur le cercle de la fraternité sera en vigueur. En réalité, il s'agit bien de cela, de la fraternité. Encore une fois, la réalité des mots se manifeste sur plusieurs plans d'expression. Les mots clés à utiliser correctement sont :

AMOUR, décliné sous toutes ses formes,
FRATERNITÉ, COMMUNICATION, ÉCHANGE,
RESPECT, DIFFÉRENCE.

Quand ils reprendront leur véritable valeur, alors cette humanité sera digne de rentrer dans la confrérie de la Lumière de Vie.

Se dépouiller suggère avant tout de descendre vers la profondeur du Soi, de soi. Ainsi, vous, Urantiens et Urantiennes, êtes invités au plus grand des partages, celui du cœur. Il n'y a pas de place pour les tièdes ; les temps présents sont de taille à muscler votre esprit-âme-corps, à le plier et à lui faire dire : « Grâce, je vous demande grâce. » Alors seulement, la grâce vous pénétrera.

Toutes les anciennes constructions s'effritent, puis s'effondreront, et nous, ici, rendons grâce pour cet immense cadeau que vous recevez.

# NEUF

# LE SON CRÉATEUR

La parole revêtait une grande importance dans toutes les civilisations dignes de ce nom. Dans certaines peuplades, cela demeure d'ailleurs un acte sacré.

J'aimerais vous voir réadopter des instants où l'usage du verbe serait à nouveau un acte sacré. S'asseoir et parler relève de la haute voltige dans vos civilisations dites modernes. En les regardant, nous observons un effondrement des valeurs universelles. Cet aparté ne veut en aucun cas vous dévaloriser ; nous souhaitons simplement vous restituer la grandeur qui est vôtre.

Vos aînés connaissaient l'importance du Verbe sur la vie quotidienne et future. Le cercle engendrant une forte symbiose, toute parole prononcée en son sein s'amplifie et s'enracine avec aisance. La maladie de vos sociétés actuelles réside bien dans l'ignorance de l'autre, dans la tendance du *chacun pour soi, tant pis pour lui* ou, encore, *du moi en premier*. L'égoïsme porté à son paroxysme origine de ces attitudes erronées.

Afin d'endiguer cette marée noire de vos âmes, la parade consiste à s'asseoir et à donner la parole à l'autre visage de la Vie. Tant que vous considérerez l'autre comme vivant indépendamment de vous, ce mal persistera et créera des perturbations gigantesques sur cette sphère de Vie. Le temps étant compté, vous plongez dans une période où tout sera incertain, mouvant, déstabilisant et sans résultat probant. Dans ce marécage de vos personnalités, si vous ne trouvez pas le courage de vous poser et d'échanger des mots pour dénouer vos maux, vos faiblesses vont prendre le dessus sur votre personnalité et vous allez dériver dans des eaux troubles jamais égalées jusqu'à présent.

C'est la raison de mon invitation à créer des instants particuliers dont l'échange sera le centre. La Vie se meut sur des cercles et restitue les perturbations conçues antérieurement. Je vous explique : une perturbation se forme à un point précis du cercle, et au deuxième passage, l'énergie lit l'inscription. La Vie renverra l'information mal qualifiée à son ou ses créateurs en vue d'être rectifiée et de s'inscrire parfaitement dans la vie du cercle.

Le problème majeur reste actuellement une lecture de votre passé surchargé d'énergies dysharmonieuses. La plus grande médecine à votre disposition se trouve dans l'écoute de l'autre et la rectification de vos attitudes envers vous. La parole ne revient pas au plus fort mais à tout un chacun. Encore une fois, nous insistons sur la création de cercles de paroles dans chaque famille, chaque village, à chaque coin de rue et aussi entre les tribus diverses formant cette humanité résidente d'Urantia Gaïa.

Les grands initiés travaillent uniquement en usant de la parole afin de transmettre un enseignement adapté à tous.

L'échange de mots évite la création de maux. La modulation du son transitant dans les mots ouvre ou ferme des sacs d'énergie. La mémoire ancestrale s'évacue par l'usage de la parole et la modulation du son employé. Les initiés contemporains chantent les sons, utilisant de préférence les voyelles, porteuses de la régénération corporelle, de la stimulation vibratoire et de l'harmonisation entre tous les corps.

Le son est le Verbe créateur, il construit ou détruit. Voici aussi pourquoi la musique détient un grand pouvoir sur un être vivant.

Je reviens souvent sur la musique, car je pense à votre jeunesse encline à écouter une suite de sons dysharmonieux favorisant un voyage vers une déchéance programmée, toujours par une poignée d'hommes et de femmes peu respectueux de la liberté de chacun. Aujourd'hui, vos batailles sont plus subtiles que denses. Mais il y a des guerres créées dans l'unique but de détourner votre attention d'une mainmise de votre expression. Le danger réside bien là, dans ce détournement de vigilance sur votre propre vie.

Les jeunes représentent un potentiel considérable pour l'avenir du maintien de ce pouvoir occulte. Vos enfants détiennent les clés de demain, soit un danger important pour l'ombre. En coupant le dialogue entre les aînés, les parents et la jeunesse, les couloirs du Verbe se trouvent endommagés par leur non-usage. La richesse du savoir acquis par les aînés se perd sans cette transmission orale. En insistant sur ce fait, nous souhaitons une prise de conscience capitale dans la restauration des échanges. On ne grandit pas en rejetant une partie de soi-même.

Les aînés, ou personnes âgées, symbolisent la transmission du pouvoir à la sève montante, la jeunesse. Nous avons besoin d'aborder la transmission des énergies. Prenons l'exemple d'un homme ou d'une femme en âge de procréer. Cet être a reçu de ses parents les charges émotionnelle, mentale, physique et spirituelle de sa lignée ancestrale, dont les descendants sont encore présents ou absents (décès). Dans l'acte de la procréation, il transmettra cette charge additionnée de son propre vécu. L'enfant à venir reçoit donc un héritage familial, aisé ou lourd, selon le quota d'Ombre et de Lumière déposé dans ses gènes, et de sa part. Son atout se situera dans l'échange de paroles entre les générations. Par l'écoute, l'enfant intégrera ces énergies et s'en libérera, partiellement ou totalement.

L'enfant a besoin de s'asseoir et d'entendre les histoires familiales. Ces récits servent la pénétration de sa propre histoire. N'oublions pas qu'un être s'incarne dans un groupe en fonction des lectures de la vie déjà effectuée. Le son ancre les forces traversées et déstabilise les énergies n'étant plus d'actualité. Aussi, si ce travail ne peut avoir lieu, une dualité supplémentaire se créera jusqu'à la rencontre d'un autre groupe de substitution.

Aujourd'hui, par l'abandon du rôle de la famille et

l'absence de cercles de paroles, les forces obscures ont la part belle et obtiennent des failles inespérées. Alors, nous vous invitons à reconstruire la force primordiale de la parole partagée.

Les émotions et les énergies du passé se libèrent dans ces instants sacrés. Des guérisons ont bien lieu sans prise de médicaments, simplement dans l'expulsion des mots tus jusque-là. En réveillant ces larves destructrices, votre corps s'apaise en lâchant le fardeau pesant. Quoi que vous pensiez, il vous faut une oreille amie un jour ou l'autre afin d'évoluer.

Dans les tribus d'Afrique (entre autres), l'histoire se transmet au cours de soirées autour d'un feu. Croyez-vous que ce soit le fait du hasard ? Non, les aînés, initiés, choisissaient soigneusement les atouts assurant l'intégration de l'enseignement. Le temps et la patience étaient les bases solides de la fondation de l'être.

Aujourd'hui, on vous enseigne (dans votre société contemporaine) le rendement, la rapidité et que *le temps, c'est de l'argent*. Ces mots vous propulsent hors de votre centre, de l'écoute. Vos bases sont déstabilisées ; vous ressemblez à un troupeau de moutons fou à la recherche d'un lieu de repos. Seule la prise de conscience de l'éloignement de l'Esprit pour glorifier le pouvoir extérieur permettra le retour de l'équilibre. En redonnant vie aux cercles, les mots et les initiations retrouveront leur valeur.

Nous favorisons présentement les initiations subtiles, mais certaines autres appellent le vis-à-vis d'un maître et sont reportées à un futur indéterminé, car nous ne pouvons discerner la période optimale pour ce retour. Cependant, quand les maîtres parcourront à nouveau les chemins afin de s'asseoir autour d'un feu en compagnie d'hommes et de femmes désireux de s'instruire, alors cette humanité aura franchi un pas décisif vers ses retrouvailles. La parole, ou son linguistique, circule en vue d'adombrer un ou des corps pour les inviter à changer de cercle de vibration. Les maîtres ou initiés savent articuler ces sons linguistiques afin d'opérer des transformations dans le corps communautaire.

Le SON pénètre la plus infime particule de Vie et dépose sa signature, sa teinte et sa construction. Puis, la géométrie du son entre dans celle qui est en place. Si la construction est issue de l'harmonie, vos particules accepteront cette visite et identifieront cette invitée ; par contre, si la dysharmonie est à l'origine du son précédent, un conflit s'organise. Généralement, l'inconscience de la partie de vos créations engendrant des désordres vous entraîne dans une suite d'épreuves. La multiplicité des sources d'émission de sons engendre la cacophonie actuelle sur votre planète et autour. Ici, nous essayons de rétablir un début d'harmonie sur le *autour* de votre réalité ; à vous d'entreprendre le même travail *sur* votre sphère de Vie.

Le partenariat propose une répartition des charges en cours et non un déséquilibre au cœur de cet échange. Les maîtres attendent une prise de responsabilité de chacun, aussi minime soit-elle, c'est-à-dire un début certain d'actes conscients. Vous nous appelez (nous les frères intra et extra-terrestres) à nous manifester dans votre quotidien. D'accord, mais à une condition : que vous soyez des étudiants appliqués à la maîtrise d'eux-mêmes.

Écoutez vos paroles, vos déplacements, vos actes et vos gestes, car tout cela émet un son. *Être* suppose une coordination parfaite entre la pensée, l'acte, le son, l'odeur et la lumière. ***Les mots sont vos maux.*** Dans mes ouvrages, j'emploie cet adage à plusieurs reprises. Entendez la justesse et la sagesse déposées dans cette phrase.

Acceptez de vous poser et d'entendre, au-delà de ces termes usités, le langage contenu dans leurs formes subtiles. À chaque utilisation de cette petite maxime, je vous emmène effectuer une visite profonde de vos mal-être : les mots (le SON) sont créateurs de vos maux (mal-être).

À l'appel d'un mot, vous ouvrez des réservoirs légers ou lourds.

VOUS UTILISEZ L'ÉNERGIE DES MOTS.

Remarquez votre aisance à employer les mêmes termes. Dans la langue française (raffinée) par exemple, je décèle plusieurs types de langage. Il y a le langage populaire, administratif, politique, médical, la langue officielle, académique, littéraire, poétique et même religieuse, sans oublier les tournures codées des initiés ou, encore, le vocabulaire militaire.

Le son dégagé par l'un ou l'autre de ces niveaux linguistiques contribue allègrement aux mainmises de certains groupes et aux désordres physiologiques des peuples (français ici). Reportez ce même schéma sur les autres langues et vous comprendrez peut-être facilement l'origine d'une des sources principales de vos mal-être. Vous n'en captez pas la réalité et, pourtant, si votre vue s'ouvrait à cela, le spectacle vous édifierait immédiatement.

Penchons-nous sur une autre source de cacophonie : l'agitation pour atteindre le rendement tant recherché dans ce temps présent. En vous entraînant à *être* rentables (puisqu'il s'agit bien de cela), on vous oblige à perdre vos repères dans la Vie, votre sérénité, votre véritable sécurité d'être et on vous plonge ainsi dans l'insécurité de vivre, le stress, la nervosité, la dépression et les fausses valeurs matérialistes. Cette construction a été instaurée il y a plusieurs siècles déjà, dans le but de vous entraîner dans des manifestations d'agressivité vous incitant à réclamer la protection extérieure d'une autorité en place. Dans le programme amené de main de maître par le gouvernement obscur (induisant subtilement cette autorité présente) figure en bonne place l'émission de basses fréquences auditives, décadentes et décentrant la personne (par la musique dite moderne entre autres). Aucune place ici aux sentiments humains, juste un besoin impérieux d'instaurer un pouvoir de masse. Le système social actuel s'inscrit aussi dans ce vouloir de domination. En effet, on vous donne un numéro ou matricule dès votre naissance et vous devrez y répondre jusqu'à votre mort.

Dans cet ordre, on vous a proposé « la modernité » :

voiture, médias, vacances, argent (travail), assurances (maladie, personnelles, etc.) et vous voilà piégés dans leur système bien ficelé jusque dans les moindres détails. Actuellement, leur intention s'engage dans les dernières pièces de l'édifice infernal : la maladie volontairement répandue par eux, la délinquance, la drogue, le pillage (vol organisé), l'émission d'ondes subliminales pour vous maintenir dans de basses expressions de la personnalité.

Chaque « détail » cité étant relié à un son, vous souffrez grandement d'un manque de silence. Vous êtes drogués d'une manière subtile mais ô combien efficace. Cependant, malgré le tableau dressé, vous bénéficiez d'un antidote tout aussi efficace : votre guide intérieur. Reliez-vous à lui et invitez-le à construire un mur de protection sur lequel toutes ces ondes nocives viendront buter. Vous retrouverez ainsi le silence laissant place aux idées supérieures de Vie et vous vous y immergerez immédiatement. Demandez à votre guide de restaurer un climat de vie idéal dans lequel vous pourrez vous ébattre avec délices et appeler une symphonie où votre corps communautaire se reposera. Demandez, demandez à tout prix, il y a urgence !

Dans votre quotidien, changez doucement vos habitudes les unes après les autres. Retrouvez confiance en votre pouvoir de décision. Oui, rien n'est aisé présentement. Malgré cela, entreprenez ce nettoyage, sollicitez l'aide des Anges guérisseurs, la protection des Maîtres réalisés, la diffusion des rayons de couleur, l'émancipation de ce clonage subtil (évoqué plus haut) et, enfin, le retour à la liberté humaine sans condition. La Paix est une fréquence de son et de lumière ; aussi, pour son entrée dans votre vie, faites le nécessaire et nous répondrons de tous les côtés.

En parallèle avec cette cacophonie vit l'harmonie qui, elle, possède un son. Dans un simple acte mental volontaire du genre « *je me branche sur la fréquence de l'harmonie* », maintenez cette volonté et demeurez sûrs de ce fait. Progressivement, la dysharmonie disparaîtra.

LE SON EST LUMIÈRE, un rayon pénétrant. Que la tonalité (son) déstructure ou non un corps, la luminosité balaie, éparpille, diffuse la première action (du son). Il est bon d'aborder ce partenariat. Le son agit dans la densité, sur la structure moléculaire. La lumière qui accompagne le son sera plus ou moins éclatante et poursuivra le travail en agissant sur les particules.

Par conséquent, ce que vous êtes à chaque instant, harmonie ou dysharmonie, se propage autour de vous. En l'instant, vous adombrez ainsi de votre personnalité les autres particules de Vie. Si vous êtes en harmonie, cette dispensation de vous-même incitera les rencontres à devenir harmonieuses. Si vous êtes en dysharmonie, cette déstructuration de votre personnalité cherchera à transmettre le même inconfort chez l'autre, la responsabilité de vous tous se trouvant engagée au présent instant comme au futur et au passé. La résonance de votre centrage (ou décentrage) met en résonance le son de l'autre, et une musique se crée, agréable (ou pas). Actuellement, vous êtes plusieurs milliards d'individus à employer sans conscience le son dans votre quotidien. Vous explorez le non-être car, n'en doutez point, votre modernisme ne cherche nullement à vous émanciper, visant plutôt à vous tenir en esclavage. Un esclavage moderne, insaisissable dans sa forme dense, mais réellement efficace si vous ne réagissez pas.

La duplication d'une fréquence favorise cet esclavage (*toute particule de Vie étant une fréquence, sa duplication égale clonage*). Combien d'entités seront ainsi amenées à la vie dans le seul but de maintenir des sons et des formes au service d'un pouvoir larvant (le pouvoir mondial obscur) ? Ne croyez pas à un bien quelconque pour votre humanité. Dans le domaine du son et de ce pouvoir larvant, une arme terrible s'est ajoutée : la puce électronique. Cette puce n'a en effet d'autre but (non avoué) que d'émettre un son subtil, une basse fréquence.

Si un humain ayant une telle puce dans le corps cherchait à libérer sa personnalité de cette tutelle aliénante, des rappels à l'ordre pourraient être lancés en lui inoculant des mal-être très ciblés. Voilà un des programmes se dessinant dans l'esclavagisme moderne à venir. Malgré cette probabilité, rien n'est perdu ; à votre tour, il s'agira d'envoyer un son structuré sur la liberté de la personnalité, vous évitant ainsi cette manipulation. Comment émettre ce son ? En créant une pensée claire de ce désir puis en laissant votre cœur lancer un chant, une ode à la Vie.

Puisque vous êtes créateurs, devenez conscients de votre partenariat avec les pouvoirs subtils de la Vie. Le son, la lumière, l'amour, une pensée précise favorisent l'usage de ces portes du pouvoir intérieur. Vous cherchez la présence des maîtres, c'est heureux, mais invitez plutôt le plus grand maître, qui loge au centre de votre cœur. Interrogez-le et écoutez ses paroles ou reconnaissez ses stimuli.

En bombardant votre corps d'une surdose de manipulations phoniques, on vous éloigne de ces retrouvailles, de votre entrée dans la quatrième dimension. Attention, vous avez une part de responsabilité dans ce jeu égotiste des faux pouvoirs. Ne rejetez pas l'anathème sur les autres. Bien sûr, nous vous instruisons au sujet de la réalité cosmique et nous devons être clairs dans la diffusion de nos messages, mais si votre gouvernement mondial obscur sévit sur votre planète, cela est en réponse à votre jeu intime.

Oui, nous révélons les probabilités du moment. Toutefois, nous cherchons avant tout à induire une réaction saine en vous, à vous inviter à revenir à votre personnalité. Partout, sur votre Terre, nous observons des groupuscules cherchant la meilleure façon de réinstaurer la liberté de chacun. Nous en sommes heureux et nos espoirs résident dans le développement de ces initiatives.

Oui, vous avez le droit de désirer la paix et de refuser toute mainmise sur votre vie, mais allez plus loin : devenez la paix, la liberté, le respect, l'amour inconditionnel. Et lorsque vos choix seront arrêtés, manifestez-les sans jugement envers les autres. Devenez l'harmonie, investissez le Verbe en choisissant vos mots, donnez la main à vos frères et sœurs, émettez la lumière en la qualifiant non pas pour vous-même mais bien pour l'humanité humaine, animale, végétale et minérale. Faites place dans votre cœur à la fraternité galactique mais, là aussi, soyez fermes dans vos invitations, car les fractions de l'humanité cosmique ne sont pas toutes encore installées dans la fraternité du Cœur.

Oui, faites-nous une place, mais, dans cette invite, choisissez bien vos visiteurs. Voilà l'erreur commise dans votre passé, car vous n'aviez pas teinté dès le départ votre volonté d'accueillir les seules fraternités galactiques du Cœur. L'accueil subtil de nos petits frères ancrés dans la technologie dénuée d'amour fut à l'origine de leur installation sur cette planète bleue. Les couloirs du temps et de l'espace redevenant perméables, ne commettez pas de nouveau la même erreur.

La Confédération galactique universelle attend vos réactions et cherche à définir votre taux d'élévation de la conscience et de la personnalité. Une fois cela établi, elle viendra officiellement.

J'aimerais entrouvrir votre conscience au pouvoir du Son. Nous, Créateurs d'univers, d'informations ou d'autres secteurs d'activité, déposons la réalisation de cette réaction dans un son puis dans la lumière correspondante lorsque notre création future est définie dans ses moindres détails. Nous encodons tout germe de Vie à développer en partant du SON CRÉATEUR dénommé VERBE CRÉATEUR. Vous gaspillez l'énergie du Verbe créateur en ne plaçant pas la conscience dans cet acte. Vous recherchez des pouvoirs spectaculaires, mais ceux qui sont déjà à votre portée ne sont même pas respectés. Avant de vous lancer dans les voyages astraux et la télépathie, commencez donc par investir votre plus grand pouvoir : le Verbe, la parole, le son émis au quotidien. Cessez de blâmer votre entourage, regardez les actions intempestives vous éloignant progressivement de votre route.

J'aimerais également vous rappeler ceci : personne ne

vous rendra vos pouvoirs. Vous allez à la reconquête de leurs utilisations conscientes, perdues ou déposées en des temps anciens. Nous sommes les gardiens de ces dépôts, mais que cela soit clair, vous seuls déciderez du moment où vous viendrez les chercher. Vous êtes propriétaires de dons volontairement mis en « chômage » (humour propre à votre langage). Au cours de vos moments éveillés, vous employez souvent, pour ne pas dire constamment, la parole. Avez-vous songé dans ces instants que vous avez recours au Verbe créateur ? Non ? En promenant mon regard sur cette humanité, je constate la prise de conscience de cet usage par le gouvernement occulte de votre planète. Alors, d'un commun accord avec tous les Maîtres réalisés, nous décidons de pointer du doigt (cosmique même !) le décalage entre son acuité et votre endormissement. RÉVEILLEZ-VOUS !

Les temps à venir invitent tout un chacun à reprendre possession de la mémoire de cet acte. Aussi, dites : « J'emploie avec conscience les mots (donc la parole) et, en cela, je recrée avec le son émis l'harmonie en moi, pour moi et pour tous mes frères et sœurs terrestres et universels. » Voilà la tonalité de vos jours présents et futurs.

Ainsi, la Lumière de Vie s'installera non seulement *autour* de vous mais également *sur* vous et *en* vous.

DIX

# LA MÉMOIRE, ORGANE DES MONDES

Ah, voici un thème de réflexion intéressant : la mémoire, organe des mondes.

D'abord, je vous demande de respirer pleinement, de mettre de côté vos questionnements et de ne plus penser... Bien, vous pouvez maintenant entrer dans le vif du sujet.

La mémoire ressemble à un ordinateur classant les informations dans des cases. Imaginez donc une banque remplie de coffres ; vous devez fournir un code afin d'ouvrir l'un ou l'autre. Il en est de même pour la mémoire, à cela près que le code sera peut-être un mot, une odeur, un son, une image ou une situation. Jusque-là, rien de bien compliqué en apparence. Seulement, ces clés actionnées engendrent des codes parallèles : un regard, un sentiment, une pensée, un ordre. La mémoire s'éveille en recevant des stimuli physiques, subliminaux, subtils, directs et indirects. Voilà déjà des données compliquant la première approche. Ajoutons encore les dimensions d'un être, d'un lieu, d'une information, etc. Chaque cellule vivante possède une mémoire propre, et l'interpénétration d'une cellule avec une autre multipliera le pouvoir d'une mémoire.

Revenons à la banque, neutre d'ailleurs par rapport aux actions créées en son centre. Les cases encodées s'ouvrent uniquement en vis-à-vis d'un code identique au leur. Les cases, comme la banque, restant neutres et obéissantes, réagissent seulement aux stimuli. La mémoire ressemble à cela. Quand, dans le lointain passé de votre naissance, vous avez décidé de vivre l'aventure humaine, il vous a fallu un outil fiable et sûr. Alors, l'acceptation d'utiliser un organe subtil se fit sans ambages. Mais laissez-moi vous emmener plus loin encore, soit au temps de la création initiale, c'est-à-dire au moment de l'émission de l'idée primaire d'un théâtre de Vie, d'un monde fini.

Le Grand Créateur conscient des possibles aléas tout au long du cheminement de l'être créa une respiration ayant pour but de retenir les images, les mots, les actes, les parfums, les ressentis prenant vie dans les instants. La mémoire est une respiration encodée par le Sans-Nom. Cette respiration intelligente a deux missions. La première consiste à imprimer sur une membrane subtile tous les stimuli nerveux, affectifs, physiques de la pensée humaine ou d'ordre suprahumain. Quant à la deuxième, toujours par stimuli, elle consiste cette fois à vider les cases de manière à faciliter une progression de l'esprit, dite ascension.

Le Sans-Nom reste relié à toutes les mémoires afin de se nourrir de la progression de la Lumière ou d'intervenir à son gré à un moment donné. La mémoire ressemble à une cellule. La membrane, réceptive, forme la périphérie de la cellule, et toutes les cases sont au centre. Au cours de la vie d'une cellule-mémoire, elle enregistrera tout ce qui correspond à son code-gène direct ou indirect. Plusieurs codes-gènes se regroupent et sont sous l'influence d'un centre de lumière (chakra), mais au fil du temps, les inter-réactions connectent tous les groupes codes-gènes et, désormais, lorsqu'un centre de lumière bouge, les autres se déstabilisent automatiquement. Ce schéma s'applique à toute cellule vivante (planète, étoile, galaxie, corps physique, Cercle atomique de Vie, etc.).

La Vie s'expanse, cherchant des repères et des clés dans cet acte. La Vie se meut sur une respiration, et le Sans-Nom choisit ce mode de mouvement comme support constant et fiable dans le présent Cercle atomique de Vie. Afin d'aider les esprits en expérience, le Grand Créateur déposa des cellules-mémoires encodées en vue de servir de réservoirs d'énergies. Ces énergies intelligentes et actives savent décider d'une action en réponse à un esprit en expérience. Ainsi, des idées-lumière furent-elles entreposées en des endroits clés de ce Cercle atomique de Vie. Les candidats à l'incarnation, parfois en difficulté, se vident d'une partie de leur source de Vie (énergie). Les idées-lumière ont pour but de nourrir de leurs spécificités les corps communautaires. Certaines diffusent une couleur, un son ; d'autres encore, des formes subtiles, des états minéraux, une qualité solaire ou cristalline.

Le premier Cercle atomique de Vie est rempli de sites de nourriture, car il s'agit bien de cela : de nourriture disponible. Chaque étoile, soleil, planète (entre autres) accueille une ou plusieurs idées-lumière. Ces dépôts furent placés sur une toile de fond (l'éther), elle-même cellule-mémoire ; c'est la raison pour laquelle ce Cercle atomique de Vie respire et se déforme selon les périodes. Actuellement, cette cellule-mémoire est en expansion, et ce mouvement permet un déplacement de certaines cellules-mémoires (planètes).

Il est ainsi question d'une phase initiatique pour plusieurs univers, petits et grands. En effet, le mouvement expansif entraîne, par résonance, un changement de trajectoire des corps. En l'occurrence, notre Cercle atomique de Vie accueille une profonde expansion ; c'est bien un cortège de planètes qui se meut sur cet acte. La grande cellule-mémoire (ce Cercle atomique de Vie) pénètre des champs supérieurs de sa qualité d'Être.

Tout corps stellaire ancré dans la troisième dimension sera graduellement vidé d'une vie dysharmonieuse. Certains de ces corps seront requalifiés afin de former un écrin de repos et Urantia Gaïa fait partie de cette catégorie. D'autres deviendront un refuge pour des êtres ayant un besoin ponctuel de ressourcement ; seuls nos frères végétaux auront accès à ces paradis tridimensionnels. Les planètes déjà vidées, ou en ruine (en surface) dans cette dimension, reprendront vie assurément ; un projet étant à l'étude en ce moment même, nous attendons la décision finale. Quoi qu'il en soit, notre Cercle atomique de Vie vide sa troisième dimension de la présence humaine permanente, le temps ne comptant pas. Ce décret réjouit tous les initiés à la Vie-Harmonie.

Les forces en jeu dans votre cercle de Vie étant déstabilisées, il faut forcément les rééquilibrer. Le grand Sans-Nom a décidé d'intervenir dans la cellule-mémoire et, progressivement, celle-ci se videra de ses sacs mémoriels encombrants. Par ce décret, la réactivation des idées-lumière déposées à la création nous ramène vers vous.

Nous sortons donc de notre secteur d'évolution, nous dirigeant désormais vers le vôtre. Naturellement, dans un premier temps, seules nos énergies voyagent, et par paliers. Présentement, nos faisceaux lumineux émettent 0,25 % de notre force. Dans ce *nous*, j'intègre le collectif SORIA, le Maître CRISTAL, le collectif KRYEON et la quatrième force primordiale, les OBSERVATEURS silencieux. Notre but est de parvenir rapidement à vous transmettre 15 % de nos qualités d'énergie. Quand cela sera, la cellule-mémoire mère (Cercle atomique de Vie) s'illuminera et passera dans sa cinquième dimension, soit la cinquième manifestation de son état d'être.

La mémoire est un organe pensant, agissant, et l'intérêt demeure dans la restitution de cette fonction. Nous vous invitons à redevenir les partenaires de cet organe intelligent. Savez-vous que des unités entières d'Anges dévoués sont rattachées à cette fonction ? Là aussi, vous devez retrouver la mémoire de ces entités travaillant sans relâche dans toutes les idées-lumière.

Comprenez qu'en vous instruisant sur ces échanges, nous réactivons en réalité toutes les cellules de Vie. Alors, par les effets forcément induits, nous vous restituons la multiplicité des inter-réactions. Avez-vous songé un instant à la fonction du mouvement respiratoire dans votre corps, au-delà de l'apport d'air ? Nous adombrons tout l'éther de lumière teintée et encodée. Vous appelez et interférez sur ces codes *éther-iques* à chaque inspir. Voici une autre manière de favoriser votre retour à la conscience. Comprenez aussi que tout étant cellule-mémoire, l'aisance d'action devient alors illimitée. Voici pourquoi nous vous rappelons l'importance de vos choix, l'éther-mémoire accueillant tous les germes d'expression.

Vos choix déterminent à quelle source vous allez puiser. Les forces noires planétaires (ou gouvernement mondial obscur) connaissent les processus. Pourquoi y a-t-il tant de déniements des processus subtils de la Vie ? Pourquoi rejettent-elles toute tentative d'élévation du peuple urantien ? Pourquoi la force policière se renforce-t-elle ? Pourquoi vos essais de libération, tant d'un point de vue spirituel que d'une nourriture carnée, soulèvent-ils des tollés ? Posez-vous les bonnes questions. Et en voici d'autres : Pourquoi vos films catastrophes ne montrent-ils que des extra-terrestres tueurs ou dominateurs ? Pourquoi tant de violence ? À qui profitent ces crimes ? Bientôt, la mémoire collective se réactivera et il risque de ne pas y avoir assez de tribunaux pour condamner les vrais coupables.

La mémoire restitue toujours l'intégralité de la vérité. Ces remontées sont souvent nauséabondes et indigestes, mais la mémoire tridimensionnelle sera épurée dans sa totalité. Préparez-vous à vivre cette restitution ; demeurez ancrés dans le centre d'Amour afin de ne pas basculer dans le rôle de bourreaux. Certes, vous serez placés devant la vérité et des actes fomentés à l'encontre de l'élévation de la conscience et de la liberté, mais n'oubliez pas votre propre part de bénéfice dans ce jeu !

Aussi dur que fut le partage ou l'échange des rôles, vous en avez retiré un bon pourcentage d'avantages. Dans ce retour de conscience, la cellule-mémoire sera indifférente à vos états d'âme. Quand cela aura lieu, soyez doux envers vous et appelez les groupes d'Anges reliés à ce service. Ils vous aideront dans ces instants-là en coordonnant les flux mémoriels de façon à ne pas interférer dans le bon déroulement de votre vie. Vous ne serez jamais seuls si vous acceptez l'aide de vos frères et sœurs éclairés. La vision s'obscurcit souvent au cours d'une remontée de flux mémoriel et vous pourriez vite perdre pied ou tout bon sens si vous restiez seuls pour traverser cette énergie qualifiée par vous-mêmes.

Imaginez un seul instant avoir appartenu à un groupe d'autorités cherchant à aliéner la liberté des autres, dans cette vie ou par le passé ! Retrouver cette conscience risquerait de vous incommoder sérieusement et de vous entraîner dans une autoculpabilisation (autre égarement !). Nous avons vu certains d'entre vous refuser notre secours dans ces moments-là et mettre fin à leur existence. Quel dommage, puisqu'en réalité ils se seraient libérés d'émotions encombrantes. Réclamer de l'aide est une preuve de sagesse, et il y en a énormément de prévu.

La sagesse du Sans-Nom a préparé des réservoirs d'énergies qualifiées de façon à vous soutenir dans cette présente traversée. Ces réservoirs sont gardés par des Anges ; alors, appelez-les, ils vous attendent.

Cette période sera riche en événements autant intérieurs qu'extérieurs. La mémoire se réactive, prenez-en conscience, et ce n'est que le début. La force active et réactive du flux mémoriel revient vous visiter. Vous ne pouvez y échapper.

La mémoire est un organe au même titre que le cœur, le foie, les reins, etc. Elle est donc vivante, intelligente et mue par les lois propres à son rôle. Les facteurs déclenchant d'une action de la mémoire seront impulsés par l'homme, par une énergie inter-réactive à une autre, par un ange, une planète, un soleil ou un maître, parmi bien d'autres. La mémoire humaine est donc sujette à des ordres de son maître humain, la femme ou l'homme vivant avec cette mémoire, ou à une intervention extérieure.

Dans ce dernier cas, on observe également deux possibilités : l'intervention extérieure sera sollicitée soit par la volonté de l'humain soit par une décision extérieure, souvent à la suite d'un décret d'évolution proposé à cedit humain. La mémoire étant une onde électrique contenue dans le potentiel dirigé par le cerveau, ce capital est également mis en mouvement par le regard-sentiment-pensée. Nous voici revenus à ce dernier, qui est le principal ordonnateur des vagues électriques dans les corps physique et subtils. Ce moteur, le regard-sentiment-pensée, ouvre et ferme à volonté les flux électriques, donc ces flux mémoriels du corps humain et des autres cellules-mémoires (planètes, soleils, mémoires animale, végétale, etc.). En positionnant correctement le flux mémoriel en flux électrique, vous pouvez mieux comprendre le rôle et les mouvements de la cellule-mémoire *dans* et *sur* la Vie d'un être. Vous ferez également la correspondance entre vos flux électriques sur le corps communautaire et les flux électriques dans l'éther, en reconnaissant ici la loi des similitudes, qui est une loi d'appartenance.

Tout corps voyageant dans les dimensions finies se reconnaît en identifiant la forme ou dessin, le flux électrique et les codes-gènes. À ceci s'ajoute le rejet immédiat lorsque deux corps ou cellules ne répondent pas à la même chaîne d'appartenance. La mémoire réagit aux chaînes d'appartenance en les englobant toutes ; cela permet à cette mémoire, cellule vivante, d'envoyer les informations réclamées selon les besoins des stimuli nerveux du partenaire (humain ou autre). Ne vous y trompez pas ; bien que vous possédiez une mémoire, elle agit en toute indépendance de vos états d'être. Vous n'êtes pas le propriétaire de la mémoire mais bien un partenaire.

Votre cellule-mémoire peut-être détachée de votre personnalité et replacée dans un autre corps humain. Oui, cela s'est déjà produit. Imaginez un grand Maître ayant besoin d'une courte intervention sur une planète. Une incarnation représentant pour lui une perte de temps, il envoie un de ses élèves, qui aura alors pour mission de préparer un corps physique et de l'entretenir jusqu'à son arrivée. L'élève partira donc pour le voyage dans la densité en toute connaissance de cause et, le moment venu, la mémoire reliée à celui-ci sera déconnectée du flux électrique du corps humain et le maître pourra intervenir en la remplaçant.

Après le départ de ce maître, deux possibilités se présentent : soit la mémoire d'origine est réattachée au flux électrique, soit le corps physique est déposé dans un endroit particulier en attente d'une autre visite temporaire. Sur votre sphère de Vie se trouvent plusieurs lieux où des corps sont déposés et entretenus par des élémentaux, restant ainsi hors d'atteinte de la dégradation cellulaire que vous connaissez. Cela demeure une action simple.

Actuellement, comme votre société planétaire a autorisé le fichage de tout être vivant, ces interventions sont désormais suspendues temporairement afin de ne pas entraîner les maîtres visiteurs dans des remous policiers. Vos maîtres de l'ombre obscure n'ignorent rien de ces processus, et un des buts cachés de la mise en place des cartes d'identité, des passeports, des numéros de sécurité sociale et de tout autre matricule ne consiste qu'à vous priver de ces éventuelles visites qui génèrent l'élévation du taux vibratoire de l'humanité.

Or, voici justement une période où votre taux vibratoire va permettre la fréquence de la quatrième dimension, ouvrant ainsi un champ de conscience et de prise de position défavorable à la soif de pouvoir de l'obscur. Devant les problèmes générés par la présence de toutes ces cartes de fichage, la cellule-mémoire des Univers nous a fourni d'autres informations nous aidant à déterminer les moyens d'intervention efficaces et imparables pour votre monde. Nous avons également interrogé la mémoire de votre humanité et celle du gouvernement obscur ; en alignant les forces et les faiblesses de chacune, nous avons finalement trouvé la voie idéale d'intervention.

Dans ces différentes cellules-mémoires, certaines cases sont dénuées d'enregistrement et nous utilisons présentement un flux électrique vierge de vos connaissances. Il n'y a donc aucun moyen envisageable pour retenir nos actions et celles du Grand Constructeur. L'appel de lumière émis par quelques membres de votre humanité nous invitant expressément à rétablir la source d'harmonie pour votre planète et tout un chacun fait en sorte que nous avons reçu les autorisations d'agir sur les champs électriques d'ordre humain, terrestre, intraterrestre, extra-terrestre, solaire, cristallin, atomique et dans les règnes animal, végétal et minéral.

Nous associons toutes les cellules-mémoires de ces flux électriques et optimisons au plus fort l'ondulation électrique commune. Ainsi, les mémoires sont toutes activées selon un schéma élevé et interactif. En premier lieu, les modifications reposent dans les cellules-mémoires non humaines, puis, par effet de résonance et d'appartenance, l'humain va inspirer et intégrer ces interventions pour se les appliquer. Ce procédé est nouvellement employé pour votre humanité, qui fut libre de ses décisions jusqu'à présent et n'avait pas enregistré une telle intervention divine.

Nous avons choisi la respiration comme mode de propagation des modifications célestes. Ne vous étonnez pas à priori de constater des absorptions de schémas négatifs dans les voies aériennes (allergies, asthme, etc.), car ce phénomène inhérent à notre premier choix (le support aérien) s'estompera bientôt puis disparaîtra, laissant des supports affectifs plus forts après cette étape. Tous les modes d'expansion de la personnalité sont donc à ce jour visités par voie aérienne et l'encombrement affectif se manifeste en premier lieu, suivi du renforcement de la personnalité dans ses expressions.

Durant ce passage, obligé dirons-nous, nous amenons le flux mémoriel à vider les cristallisations dues au voyage dans la densité. Par conséquent, certains d'entre vous verront des problèmes n'appartenant pas à cette présente vie être soulevés. Nous les prions d'accepter ce nettoyage.

Par ailleurs, nous plaçons sur votre chemin des aides bienveillantes afin que vous traversiez les désagréments qui en découlent. Ce sont des passeurs de dimensions. Ne cherchez pas des extra ou des intraterrestres ; il s'agit simplement de femmes et d'hommes détenant l'autorisation d'intervenir sur le flux mémoriel.

Si vous êtes conscients et actifs avec la lumière, commencez à intervenir sur la mémoire électrique, car c'est bien de cela qu'il s'agit. Cette mémoire englobe le corps communautaire tel qu'il est constitué actuellement, avant même l'arrivée d'autres corps subtils. Remarquez que j'emploie le mot *cristallisation* — de la famille Cristal. La cristallisation liée à un problème provient d'une fluidité électrique interrompue puis entremêlée dans ses circuits par une cause x, créant ainsi un amas de cristaux ayant rompu avec leur archétype ou code-gène. Le flux mémoriel agit donc sur l'identité de la personne, ou personnalité, dans sa structure solaire, atomique, cristalline et terrestre.

Par conséquent, nous vous invitons à la prise de conscience suivante : vos efforts actuels dans le but de vous libérer de vos vieux conditionnements participent à la réharmonisation de toutes les identités du présent et de l'avenir. Certes, vous n'entrevoyez pas facilement la différence entre identité terrestre, identité solaire ou, encore, identité atomique. Sachez toutefois qu'en nettoyant votre identité terrestre, vous renforcez d'ores et déjà les autres identités qui seront étudiées dans les prochains Cercles atomiques de Vie.

Tout cela vous dépasse ? Cette réaction est juste et raisonnable. Cependant, nous vous enjoignons de demeurer actifs et le plus conscients possible du nettoyage effectué sur la cellule-mémoire de votre personnalité. Progressivement, vous intégrerez les nouveaux champs électriques s'ouvrant à vous. Les perturbations rencontrées ne sont rien. En effet, tous ceux et celles qui acceptent cette traversée retrouveront au bout de ce chemin un corps communautaire fort et stable.

En somme, je remercie le gouvernement mondial obscur de votre planète, car ses actions nous aident à instaurer un grand destin pour Urantia Gaïa. Ainsi, sa soif de pouvoir et de mainmise sur la personnalité nous offre la possibilité d'installer des flux électriques de haute fréquence et, par voie de conséquence, de mettre celle-ci hors de tout danger.

À vous, le gouvernement mondial obscur, je dis :

VOUS AVEZ PERDU LA PARTIE ;
LES DÉS SONT JETÉS.
NOUS SOMMES LES GRANDS GAGNANTS
DE VOTRE JEU.

MERCI de nous permettre l'inscription de cette planète dans la Grande Fraternité universelle.

# ONZE

# LES PORTES DES MONDES SOUTERRAINS

Il fut un temps où les grands seigneurs de la surface allaient dans les entrailles de la Terre y chercher les encouragements et les directives à appliquer au sein de la fraternité du dessus. Qu'ils furent rois, pharaons ou seigneurs, tous recevaient les paroles des maîtres intérieurs. Puis vint un temps où cette connaissance dut se voiler et les portes de l'intramonde, se fermer. Celles-ci sont gardées depuis par les Vierges noires (qualificatif non pas relié à une couleur de peau mais bien à la nécessité pour elles de vivre cachées). L'accès de ces portes à la surface de votre monde demeure sous la garde d'hommes et de femmes parfaitement conscients de leur rôle. Pour cela, ils mènent une vie simple éloignant ainsi la curiosité de leurs frères et sœurs.

Quand la planète descendit de la quatrième à la troisième dimension, un problème se présenta aux Vierges noires, qui allaient devoir maintenir le souvenir de ce qui fut et de ce qui pourrait revenir. Ces Dames de grande Force et de grand Pouvoir décidèrent de créer un sous-ordre ; vous le connaissez par votre vision du monde féerique. Les Fées sont les filles des Vierges noires et ont l'ordre de conserver le chemin vers le retour à l'usage des dons divins dans l'esprit des humains. Les Fées détiennent les clés des mondes subtils et agissent sur toutes les formes d'énergie mises à votre disposition. Elles rendent compte de leur action à leurs mères créatrices, les Vierges noires, gardiennes des couloirs souterrains menant aux grandes villes cristallines, d'or et d'émeraude. De plus, elles sont secondées par un ordre de chevalerie (leurs « armées » si besoin est). Une expansion de cet ordre fut connue sous le nom de Templiers.

Certains grands prêtres officiants des forces intérieures faisaient partie du mouvement cathare. Quand celui-ci fut pourchassé et les êtres le constituant brûlés, l'ordre des Vierges noires, ses chevaliers et les grands prêtres officiants entrèrent alors volontairement dans l'oubli, obstruant sciemment les portes d'accès à leur réalité.

Les voiles se levant aujourd'hui, j'ai la charge de vous entretenir de ces vérités. Urantia Gaïa quitte doucement la troisième dimension et, en cela, vous voici replacés devant votre passé afin de coordonner vos actes avec les grandes lois d'évolution.

Initialement, les Vierges noires prirent vie en Afrique quand les prémices d'un temps lourd entamèrent leur spirale de vie et en prévision des conséquences du refus des humains de demeurer bien ancrés dans la lumière de réalisation. Les grandes prêtresses investirent les couloirs creusés naturellement par Dame Nature. Ces Êtres de haute voyance y ajoutèrent l'excavation de sites pouvant abriter des lieux de vie.

Les grands prêtres de ces temps-là se divisèrent, certains appuyant le mouvement des Vierges noires, les autres refusant le soutien à ces nobles Dames de Cœur. En premier lieu, celles-ci travaillèrent surtout à prévoir, espérant un retour à la fraternité UNE. Puis, avec le temps, elles créèrent un ordre de chevalerie divisé en sept branches, dont la confrérie des Papillons et celle des Paons. Ces voies de chevalerie existent toujours, répondant uniquement aux ordres des Vierges noires.

Quand elles comprirent que la fraternité UNE était en train de vivre des jours sombres, elles pénétrèrent les entrailles de la Terre pour y préparer en secret le retour de l'UN. Le centre de la planète étant déjà habité par les Hyperboréens, elles s'entendirent avec eux quant au partage des lieux. Les fraternités galactique puis universelle les prirent sous leur protection et ainsi débuta leur action sur les mondes extérieurs, ces dames vivant plusieurs époques successives d'apogée et de déclin (continent de Mû et de l'Atlantide).

Tour à tour, quelques humains pénétrèrent également dans les entrailles de la Terre ; tous passèrent auprès des Vierges noires et de leurs chevaliers. Puis leurs filles eurent le devoir d'investir des lieux en surface, d'y trouver résidence et de maintenir la fluidité des échanges énergétiques entre le monde du *dessus* et du *dedans*. À ces fins, elles s'associèrent avec l'une des quatre forces primordiales (le Feu, l'Air, l'Eau et la Terre) et fraternisèrent avec le monde angélique, créant ainsi un pont avec le monde du *autour*. Elles accueillirent des animaux comme compagnons de parcours ; le dragon, le cheval ailé, la licorne, l'aigle, l'ours, le loup, le dauphin et la baleine acceptèrent ce partenariat. Non, rien d'utopique ! Rien que la réalité ! *La réalité vraie de vraie !* J'aime parfois certaines expressions dites populaires.

Vos fées et vos contes relatent leur vie et leurs actions sur vos propres existences. Les Fées aussi font désormais partie du rejet de votre mémoire. La plupart d'entre vous ne se disent-ils pas : « Ceci fait partie du folklore » ? Justement, ce dernier raconte toute une page de votre histoire.

Ces filles partagèrent leur travail afin de toucher chacun d'entre vous. Votre pensée s'ouvre dès l'évocation du mot fée. Fée et magie sont deux termes associés, et pour cause ! La magie représente l'usage des énergies de la quatrième dimension sur la troisième, d'où toute l'imagerie accolée à la magie et au monde des Fées. Ces êtres interpénètrent à volonté les quatrième, cinquième et sixième dimensions ; leur aisance à modifier leur structure moléculaire provient du schéma d'évolution déposé à leur naissance par leurs mères semi-divines.

Ces filles constituent avec leurs atouts un ordre d'intervention très recherché par tous les intervenants des mondes suprahumains. Leur état d'être apporte une structure riche d'actions sur le monde tendant vers la phase humaine.

Le monde angélique a immédiatement établi le contact avec les filles des Vierges noires et leur a ouvert ses lois de mouvement afin d'œuvrer communément au bien de l'esprit en expérience. Aussi n'est-il pas rare de voir une Fée et un Ange cheminer ensemble dans un coin de cette planète. Je pense à la Fée des neiges et au Joueur de lyre, l'Ange l'accompagnant. Le monde angélique revêt un attrait magique par certains aspects, le son, les couleurs étant des énergies sous haute surveillance angélique où est régulée la fluidité de ces particularités de la lumière.

Oui, j'ai souligné la Fée des neiges ; il est vrai que je transmets ces informations au moment précis où les flocons de neige sont de saison en France ! Ces filles bien-aimées, les Fées, ont accès aux quatre éléments et peuvent commander une action particulière. L'une d'elles aura reçu l'autorité d'ordonner une transformation à l'Eau en vue d'agir sur un secteur et de faire descendre une qualité de paix et de silence. Sa force sur la nature réside juste là, sur une note élevée de la Paix et du Silence, simple acte d'Amour envers toute une humanité quand le besoin se fait sentir dans l'agitation du mental humain.

Avez-vous remarqué à quel point la neige bouleverse votre état d'être ? Le stress, la peur, l'excès du vouloir agir à tout prix tombent alors, laissant place à une vacuité, le regard en étant le facteur déclenchant. Après, vous retrouvez rapidement votre oubli mais, pendant un instant, vous vous êtes offert le luxe d'un repos de l'âme et de l'esprit. Ces moments sont de courte durée aujourd'hui, mais ils sont précieux. Ils apparaissent comme de véritables instants de grâce intérieure perdus dans le brouhaha de vos élucubrations mentales. Alors oui, volontairement, je mets l'accent sur cette belle Fille de la Nature avec l'espoir d'ouvrir peut-être l'espace de vos pensées à des bulles d'amour noble envers le monde de la féerie et la magie de la nature. Car, n'en doutez pas, il s'agit bien de cela : de la magie de la nature et du retour de la conscience des actions des êtres qui la peuplent. Dès lors, vous retrouverez la vision de ces esprits groupes: les Elfes, les Ondines, les Salamandres, les Gnomes, les Fées et les Anges. Tout un monde aux portes fermées. Toutefois, au vu de votre travail sur l'élévation de la pénétration de votre regard-sentiment-pensée, un espoir renaît chez eux : celui de pouvoir rétablir le partage et la fraternité. Oui, vous tournez vos espoirs vers les neiges du ciel et vous commencez à entrevoir la possibilité d'un monde souterrain, et voilà que je vous ramène vers la surface de votre jolie planète en vous restituant la présence de ces êtres plus que gracieux.

Inutile d'espérer fuir votre sphère de Vie pour un quelconque refuge quelque part là-bas, on ne sait où. Je vous le dis, avant votre élévation, vous participerez pleinement à la réunion de toutes les réalités de Vie ici, dans la multiplicité des formes d'expression. Dans ce retour, vous aurez rendez-vous avec les Fées, les êtres de la Nature et tout leur cortège de pouvoirs sur votre Vie ! La grandeur de l'âme et de l'esprit ne peut s'exprimer que dans l'harmonie des contacts avec tous les mondes de la forme et de la lumière.

Oui, certaines Fées et des êtres de la Nature se sont rebellés devant votre inconstance et votre désinvolture à vouloir être autre que lumière d'Amour. Vos contes parlent de ce groupe en révolte cherchant à vous éloigner un peu dans le dédale de vos méandres nauséabonds du pouvoir sur l'autre. Encore une fois, tournez votre regard vers le seul responsable : vous, toujours vous, et engendrez l'attitude juste de réconciliation avec la vie multiple.

Tout ira bien dès que les prémices de conscientisation des actes-pensées-paroles s'élèveront en volutes régulières. Les couleurs de l'*être* sont espérées là où, peut-être, votre vouloir de conscience vous éloigne de l'authentique réalité. Oui, vous êtes attendus au cœur même de vos rejets. « *Oh, le monde des fées, des lutins et autres farfadets n'est qu'un boniment pour endormir les enfants pas sages !* » Toi, lecteur, qu'as-tu fait de cet enfant sans limites et heureux de la magie d'être ? Où t'es-tu perdu ? Pourquoi les portes de ton cœur se sont-elles fermées ? Où la puissance de pénétration de ton regard s'est-elle perdue ?

Pose-toi les questions essentielles et vitales afin de rendre la paix à ton corps-âme-esprit parti en quête d'absolu. L'absolu ne commence-t-il pas justement par une juste place redonnée aux familles de la Nature et aux jeux des Fées et des Anges, simplement complices et partenaires en vue d'aider l'être à engendrer l'humain réalisé ? Oh non, je ne te prends pas pour un être incapable de penser et de ressentir, mais il est vrai que je m'amuse à te pousser dans tes retranchements afin d'ouvrir ces portes fermées par toi, plaçant ainsi le doigt sur de vieilles blessures. Si tu veux bien y poser un baume, cicatriser ces plaies de l'âme-esprit et rendre à ton corps physique sa grâce exquise de naissance, alors oui je me fais pesante sur tes refus à reconnecter ces parties de toi-même laissées derrière toi en des temps où tu côtoyais ces mondes féeriques et où tu t'y sentais bien.

La grâce de l'Esprit se meut sur le possible et le vrai ; je ne peux t'accorder aucune dérogation dans ce retour à toi-même. Vois-tu comme je te fais voyager dans tous ces endroits bien connus de toi ? Tu peux sourire, réfuter un argument, me renier, tempêter, pourtant, là dans ton cœur, il y a un début de mélodie. Celle du temps passé où tu étais libre et heureux. C'est cela que je ramène en toi, autour de toi afin de t'amener à vivre pleinement. Quand ton regard-sentiment-pensée aura assez progressé, alors tu éprouveras la nécessité d'abaisser tes barrières de protection *au cas où...* Doucement, tes pas physiques et subtils te mèneront vers cette paix de l'échange et de la fraternité pleinement retrouvée. Oui, j'ai pris l'engagement de te reparler de tous ceux que tu veux oublier.

Pour *être*, il faut cesser les enfantillages.

Tu es d'accord avec moi, n'est-ce pas ? Bien. Alors, regarde tes propres enfantillages. Ne correspondent-ils pas justement à cette volonté de nier la réalité de tes forces amoindries depuis cet éloignement volontaire, à cet entêtement à te croire supérieur aux autres, à cette constance que tu as de te faire des reproches et de t'autopunir quand enfin tu abaisses tes gardes ?

Oui, TU ES MALADE DU MANQUE DE MAGIE DANS TA VIE. N'éprouves-tu pas de la honte à reconnaître un penchant à croire au monde des Fées, des Lutins et des Anges ? Dans ton monde d'adulte, je te le dis, en réalité tu ne te comportes nullement comme tel. La paix te visitera seulement quand tu referas une juste place à tous les êtres créés par le Sans-Nom, ses Fils et ses Filles. Nous pourrons alors employer le mot adulte en référant à toi. Comme l'humanité a oublié l'essentiel de la Vie, les enseignements venant vers vous aborderont tous les sujets, même ceux qui vous font rire ou sourire !

Derrière le visage de vos histoires folkloriques se cachent de grandes vérités. Vos légendaires Fées sont bien des Êtres à haute responsabilité ayant des comptes à rendre quand leur énergie dévie de la trajectoire souhaitée initialement. Si, aujourd'hui, vous ne deviez retenir qu'une chose, que ce soit celle-ci : les filles des Vierges noires ont pour mission de vous ramener vers la connaissance des mondes souterrains. Dans ce sens, l'impact des actes magiques n'est qu'un moyen de retenir votre attention.

Au début, ces Dames de lumière œuvraient en silence. Puis, comme vos voiles se sont encore épaissis, elles durent engendrer des répercussions sur votre mental. En fait, leur magie n'est rien d'autre que la science de leur pouvoir et elles travaillent ainsi en coordination avec la Nature mère.

Les couloirs de votre mère la Terre vont s'entrouvrir progressivement pour quelques-uns d'entre vous au début, puis à l'ensemble de l'humanité au fur et à mesure de son éveil. Toutefois, ajoutons ceci : il vous faudra quitter la troisième dimension, certes lieu d'expériences, la quatrième dimension vous attendant avec tout un lot de réalisations et de plaisirs d'être. La mère Terre Urantia Gaïa s'élance avec une grande détermination pour retrouver, en première étape, la quatrième dimension. Son but vise bien à pénétrer la cinquième et à rouvrir tous ces couloirs ou tunnels où la Vie circule dans ses entrailles.

Vous demandez à partir vers la quatrième dimension. Je vous arrête immédiatement : non, vous ne partirez pas ainsi. Vous resterez plutôt ici, sur cette planète désormais dans la quatrième dimension. Que cela soit clair. Toute votre sphère de Vie, le autour/sur/dedans, est en train de changer de niveau de vibration. Alors, quand cela sera effectif, si votre perception de la Vie multiple ne s'est pas élargie, vous éprouverez un grand choc psychologique. Voilà pourquoi toutes les sources d'information tendent à vous inviter à élargir votre vision de la Vie une et multiple.

J'enregistre un nombre croissant d'hommes et de femmes cherchant l'ascension. À ceux là je réponds, et mon apport en connaissances les appelle à pénétrer ce lieu magique de leur être, là où il n'y a plus de barrières mentales, là où la Vie se meut à volonté dans les formes qu'elle souhaite emprunter, et où la magie s'opère à chaque manifestation. Je vous le dis, être un enfant de lumière et descendre dans une manifestation éloignée de sa nature reste un tour de magie ! Ce qui existe dans un sens existe dans l'autre. Quoi qu'il en soit, mes enfants de lumière bien-aimés, vous voici arrivés en un lieu de l'être où la reconnaissance de tous les possibles vous attire, et vous avez bien rendez-vous avec la magie de la Vie !

Ce livre cherche à relater votre histoire passée, présente et à venir. Le passé vous a entraînés dans ces actes qui ont progressivement bâti votre présent qui, à son tour, construit votre futur. Pourtant, étrangement, votre futur vous restituera votre passé. Imaginez votre humanité s'ébattant dans la beauté des dimensions supérieures jusqu'à une initiation importante, et que ce rendez-vous se solde par un échec ! La conséquence de tout cela se concrétiserait inéluctablement par une chute de vibration et la mort d'une grande majorité contrainte de vivre dans un état d'être limitatif :

la troisième dimension. Aujourd'hui, ce groupe humain revient péniblement aux portes des dimensions de son passé. Les retrouvailles se profilent et, ainsi, vous voyez resurgir votre passé. Cela vous paraîtra grandiose, et cela le sera en effet. Pourtant, vous ne ferez que retrouver ce que vous connaissiez, rien de plus, rien de moins.

Tous les êtres vivant consciemment dans la troisième dimension et ayant une parfaite connaissance de la Vie sont attachés soit à la Nature, soit au service à l'humanité. Ces êtres sont bien souvent les gardiens volontaires des accès aux portes des mondes souterrains, aux lieux sacrés d'Urantia Gaïa. Loin de parler, ils SONT. Et ils agissent efficacement et avec détermination. Qu'ils soient bénis.

Les initiés sont simplement des hommes et des femmes qui acceptent de grandes responsabilités envers vous. Plus ils s'élèvent en conscience et dans leurs tâches de service, plus ils épousent la simplicité et la dévotion. Nous les aimons, les chérissons et les épaulons. Vous allez parvenir aux portes de la multidimensionnalité. Aussi, bien évidemment, la rééducation devient nécessité, passage obligatoire. Représentez-vous parvenant dans un sas : une porte se ferme, qui est celle de votre ancienne vie, et vous marchez à la rencontre d'une ouverture.

Si vous n'aviez reçu aucune information sur ce qui allait se présenter à vous, la peur aurait prévalu et, automatiquement, vous seriez retournés en arrière, préférant vous en tenir à votre petit savoir sécurisant plutôt que de fournir encore des efforts. La fatigue vous a accompagnés depuis plusieurs siècles. La traversée de l'ombre humaine a facilité la déstabilisation des âmes les plus fortes. Actuellement, vous êtes tous fragiles et à bout de ressources. Nous connaissons bien les dangers d'une telle période, mais également tous les possibles.

Par conséquent, avec notre éclairage de la Vie, nous vous guidons avec une ferme douceur vers la porte donnant accès au repos tant convoité. Partant, vous vous présenterez aux Gardiens de la Nature, des mondes et des entre-deux mondes, ce que nous appelons sas (passages entre deux dimensions sans avoir pénétré la suivante). Vous serez placés en vis-à-vis avec le monde souterrain garant de l'ascension.

C'est la raison majeure de l'évocation de la vie féerique gardienne du monde de l'intérieur, des Vierges noires, fidèles à la dévotion envers la Vie ; sans oublier nos amis de la Nature et leurs âmes-groupes, les Devas.

Vous souhaitez ascensionner au cœur de votre conscience ? D'accord, nous sommes là dans ce but, mais étudiez d'abord avec simplicité les inter-réactions de la lumière sous toutes ses formes de mouvement et d'expression. Faites place à la Hiérarchie et à tous les peuples actifs au service de la Vie. Quand vous glisserez doucement dans cette énergie porteuse et aimante et, qu'à votre tour, vous vous ferez amour et canal de Vie, alors, les portes de l'ascension s'ouvriront.

Il vous faut placer correctement les clés majeures des harmoniques dans les bonnes cases (celles de l'Esprit). Ainsi, les plus belles fleurs d'Esprit naîtront et offriront tout un éventail du possible à votre Être. Il n'y a pas de grand secret, sauf peut-être celui-ci : vous êtes les artisans, les créateurs de votre possible. *Être*, voilà bien le pas à franchir. Donnez-nous la main, prenez notre flambeau, épousez notre vue et, enfin, montrez-nous le chemin, celui du cœur bien sûr.

Le cœur, le centre, le milieu, plusieurs mots pour désigner le point où tout se croise, se mêle et se crée.

Mes énergies vous emmènent vers votre cœur ; au passage, je vous invite à déposer toutes les valises encombrantes sans oublier d'en lâcher les poignées ! Ne restez pas accrochés à vos vieilles habitudes, elles sont désormais désuètes.

# DOUZE

# LA VIE ADMINISTRATIVE INTRATERRESTRE

Quelle vaste étendue à l'étude ! Tentons d'aborder ce registre avec simplicité !

Qui dit *administrative* suggère une administration et tout un collège d'êtres reliés à cette réalité ! Le centre de toute planète, même apparemment dénuée de manifestation civile, révèle une civilisation active. Selon les sphères de Vie et les périodes d'apprentissage, cette civilisation sera composée soit d'une seule souche apportée pour le développement de l'être humain, soit de plusieurs, toutes échelonnées. L'exemple d'Urantia Gaïa tient de cette deuxième possibilité. Mais allons maintenant visiter la Cité administrative.

Lorsqu'une planète est admise à recevoir une humanité, en tout premier lieu, les hautes autorités universelles retiennent un collège d'Êtres responsables avec un Prince planétaire et ses douze suppléants ou Sages planétaires. Puis, dans un second temps, un groupe de Créateurs bâtisseurs descendra au cœur de la planète concernée et se mettra à l'œuvre. L'architecture variera selon le schéma directeur d'évolution planétaire retenu. Le plus souvent, les formes arrondies sont exploitées ; rares sont les formes géométriques structurées émanant lors des premières tentatives de construction.

Une fois la Cité administrative née, on interroge les entités aptes à vivre au centre de la Terre ; leurs souhaits étudiés, les Créateurs bâtisseurs feront émerger la principale cité où le premier groupe de résidents s'installera immédiatement. Ces entités suivent la venue du Prince planétaire et des Sages. Les premières manifestations de vie ont lieu sur la planète rendue à cette étape.

Le Prince planétaire détient toutes les lois à appliquer sur la sphère de Vie, le but ou la réalisation suprême, les phases d'initiation à venir et la liste des esprits qui viendront tenter l'expérience en cours d'étude. Il a tout pouvoir sur les décisions à prendre. Sa grande sagesse lui permet de visionner l'amplitude de toutes les inter-réactions. Pourtant, il ne prend jamais une décision sans avoir consulté le groupe des Sages qui aura préalablement établi la longue liste des possibles.

Avant de recevoir ce titre de couronnement de « *Prince planétaire* », l'être concerné aura été testé à maintes et maintes reprises dans sa divinité. En réalité, cet être est un Fils divin né de haute lignée universelle ; il n'a pas connu l'incarnation terrestre, sauf une seule fois, juste avant l'ultime test. Au cours de mon enseignement, je vous révèle la notion de chaîne d'appartenance ; dans la descendance des Fils et des Filles du Sans-Nom, nous retrouvons également des chaînes d'appartenance mais, dans ce cas, nous employons le mot lignée.

Les princes planétaires sont issus d'une lignée de Père/Mère universels, eux-mêmes Fils et Fille divins issus du grand Père/Mère originel. En fait, je vous explique succinctement une famille divine. Naturellement, ces enfants divins ont des charges envers d'autres familles placées sous leur autorité. Aussi, progressivement, ces êtres passent-ils des tests d'évolution leur conférant la charge de leur poste.

URANTIA GAÏA a pour Prince planétaire le grand Fils divin SANANDA. Ce nom représente la vibration mère de l'élévation de l'esprit sur la planète et non son propre nom. Celui-ci étant tenu secret jusqu'au jour où le Prince planétaire reprendra à nouveau le cours de son élévation personnelle.

Le Prince planétaire reste le grand maître d'un vaisseau

spatial et, dans les périodes difficiles, il se déplace afin de recueillir des informations supplémentaires. Dans ces éloignements de courte durée, le groupe des douze Sages dirige l'administration courante.

La vie sur une planète évolue selon des phases prédéterminées. La première voit à l'installation des résidents du cœur de la planète dans la Cité administrative. La deuxième consiste à approcher les résidents de la surface. Au commencement, ceux-ci connaissent parfaitement la réalité et les lois civiles du vaisseau d'accueil et se rangent sous l'autorité du Prince planétaire. Certaines planètes n'ont pas eu à traverser les écueils rencontrés par Urantia. Il est vrai que cette dernière occupe la fonction de planète expérimentale et que cela la positionne dans le « tout est possible ». Les autres planètes évoluant selon un schéma fixe où le libre arbitre n'a pas cours, leur administration demeure plus aisée.

Sous l'autorité de la Cité administrative, nous distinguons tout un cortège d'Anges jusqu'aux Archanges en place pour le devenir de la planète, un groupe d'êtres éveillés, de maîtres réalisés, une foule d'êtres attachés au service de la Nature, des esprits relais voyageurs universels rendant compte aux grands Sages des Super-Univers, des Créateurs spécialisés, sans oublier les membres des quatre grandes Forces primordiales (étudiées plus loin).

Le Prince planétaire, en accord avec tous ces corps d'Êtres divins, déterminera des lieux adaptés où essaimer la sagesse et le progrès de l'Esprit. En reprenant l'exemple de votre Terre, sa portion appelée Afrique fut retenue comme le catalyseur de toutes les ouvertures à venir. Il en est de même sur toute autre planète.

Le Prince planétaire se rend à tous les grands Conciles ou Conseils extra-universels ayant cours dans les Cités responsables des grandes sections universelles. Il rapporte les décrets promulgués dans ces rencontres et les diffuse de manière à informer chaque citoyen planétaire. Son rôle s'étend à la demande de protection spéciale, d'interventions particulières, à l'avancée ou à la suspension d'une initiation ; dans des cas exceptionnels, il décide même du renvoi d'un esprit résident hors du périmètre d'action de la planète.

Encore une fois, je survole tous les sujets étudiés, ceci de façon à pouvoir vous familiariser avec l'étendue de la réalité et des devoirs cosmiques envers l'Univers. Plus tard, tout sera approfondi par d'autres enseignants ou moi-même. Généralement, les planètes non expérimentales n'éprouvent pas de difficultés majeures. Sur Urantia Gaïa, ce fut le contraire ; vous avez accumulé difficultés sur difficultés.

Voyons maintenant ce cas où le centre de la Terre accueille plusieurs souches extérieures. Ces mouvements de population doivent d'abord recevoir l'assentiment du groupe des Sages de la planète puis être adombrés de la lumière du Prince planétaire. À ce moment-là seulement, ces hommes et ces femmes pénétreront le cœur de la sphère de Vie et seront invités à résider dans un lieu précis. Ils devront démontrer leur bonne volonté de respecter la vie du Cœur.

Une grande période servira d'étude comportementale de ces visiteurs avant qu'ils ne reçoivent définitivement le statut de résidents permanents. Si, au cours de cette phase, leurs aptitudes et leurs volontés démontraient des failles d'adaptabilité, ils recevraient l'invitation expresse de revenir à la surface. Cela a déjà été le cas pour le peuple gitan ou tzigane et pour le peuple juif venant, lui, d'une autre planète ; car, parfois, il y a bien expulsion vers une autre terre d'accueil.

Dans le cas où l'observation s'avère positive, la nouvelle souche prendra part au maintien de l'harmonie des esprits résidents au cœur de la planète et recevra une fonction particulière afin d'aider les frères et sœurs de la surface. Ainsi, certains s'engagent à surveiller les énergies employées sur la Terre, à titre de médiateurs avec les visiteurs extra-terrestres ou, encore, en qualité de gardiens des couloirs du temps et de l'espace sur Urantia Gaïa. Plusieurs souches sont issues d'humanités de la surface et d'autres groupes proviennent d'humanités stellaires. Voilà pourquoi les soubresauts et les convulsions de l'esprit groupe se comprennent aisément, car vous n'avez jamais réellement eu le temps d'harmoniser complètement toutes ces complications de la vie urantienne ; malgré tout, le résultat final sera inespéré.

Visitons un peu plus en profondeur l'histoire du Prince planétaire. En vérité, la présence de SANANDA dans cette qualité d'Être est surtout due à une erreur de gérance du premier prince planétaire. SANANDA occupe cette fonction qui n'appartient pas à sa propre lignée de Fils divin. Au début fut dépêché un prince planétaire qui, en raison de nombreuses complications, n'a pu remplir pleinement sa charge, et sa lignée le rappela. De nouveau testé actuellement, il approfondit ses devoirs.

Le grand Maître répondant au nom de SANANDA est né dans une branche universelle de plus haute importance et, en principe, il n'aurait jamais dû terminer son expérience sur une planète dense ; pourtant, tel fut son choix en ces temps anciens. Il demanda à connaître, comme test ultime, une incarnation dans un monde lourd, compliquant à souhait son parachèvement divin. L'inquiétude atteignit son paroxysme quand sa destination éclata au grand jour : Urantia !

La volonté de ce haut Fils divin cherchait à ancrer ses fines énergies de façon à ramener en cadeau à son Père/Mère la planète dans la réalisation de son but ultime. Et voici que cet esprit téméraire partait à l'assaut de la densité. Certes, les voiles de l'oubli ne purent jamais descendre en totalité, mais, malgré cela, cette expérience demeura une épreuve considérable.

Laissez-moi vous révéler une grande vérité : ce grand

Maître, parvenu dans votre monde, réclama non pas l'esprit christique adapté à un tel monde mais bien l'esprit christique des planètes couronnées.

Sa vie, secrète, réside là, dans ces quelques mots.

Pour cette réalisation, il étudia toutes les grandes philosophies connues comme celles qui étaient tenues à l'écart de l'esprit de l'humanité. Il en fit la synthèse et partit de ce point pour réaliser son ministère.

Quelques lignes plus haut, je vous ai parlé du peuple juif issu d'une souche humaine invitée à quitter le cœur de cette Terre après celui de sa propre planète d'accueil. Et voyez comment la grande sagesse universelle guida ce peuple sur Urantia. En effet, lorsque l'on vit au centre d'une planète même sans y rester définitivement, on emmène avec soi une dose de lumière. De ce fait, ce peuple offrit ici un écrin apte à recevoir les très hautes fréquences bienvenues du Maître.

Sur toutes les planètes, la fréquence lumineuse dégage plusieurs rayons. Au centre, on trouve le cœur de la sphère de Vie, soit l'identité solaire ; puis dans la croûte terrestre, l'identité cristalline et atomique ; et enfin, à la surface, l'identité magnétique. En général, un groupe d'entités a pour mission d'ancrer solidement toutes les vibrations magnétiques et de transmettre ce travail à un autre groupe, avant de descendre dans la croûte terrestre. Après cette descente, ils auront la charge de fixer l'identité atomique, puis attendront la sollicitation des résidents du cœur avant de s'atteler à l'identité cristalline.

Certes, ces identités (atomique et cristalline) ne sont pas étudiées en profondeur. Pourtant, il est nécessaire de poser les germes de ces réalités et de leur donner racine afin de préparer les voies de l'espace des futurs Cercles atomiques de Vie.

Voici pourquoi, dans la construction des cercles d'expérience des mondes finis, nous avons dans un premier temps extériorisé les Cercles atomiques (sept cercles prendront vie), le premier devenant l'UN glorifié de l'identité atomique. Puis, dans un deuxième temps, naîtront les Cercles solaires de Vie et, dans un troisième, les Cercles cristallins de Vie. Où se situe la vie magnétique ? Dans tous les cercles, puisque sans la magnétique il ne peut y avoir de réalité ni de lieux d'expérience. L'identité magnétique se révèle à elle-même par les degrés de profondeur de l'expérience.

Les princes planétaires reçoivent leur autorité de l'identité solaire. Un couple d'Êtres évolués a reçu la charge du maintien du schéma magnétique d'une planète. Dès les premières secondes de vie d'une planète et jusqu'à sa complète extinction, ce couple demeurera en place, lié à son devenir, glorieux ou non. Dans le cas d'Urantia, Kryeon, Maître du service magnétique, a demandé l'autorisation au couple magnétique responsable du maintien cohésif planétaire de travailler aux modifications de la grille terrestre.

Aucun grand Maître, si important soit-il, ne peut agir, même avec une volonté suprême, sans se soumettre d'abord au Maître des lieux. Aussi, ce grand Être de haute lignée ayant pris la décision de vivre ici une incarnation selon les lois universelles ne put-il passer au-delà des contingences de cette humanité Du fait même qu'il en accepta les limitations et réussit son propre défi, il fut couronné et glorifié.

Jésus est le nom déformé du *Je Suis*. (Remarquez ici que seule une voyelle et un espace ont été supprimés.) Cela signifie tout simplement que le grand Maître sut, en transformant une seule tonalité (celle du *i*), incarner le grand JE SUIS. Non pas celui qui est attribué à une humanité, mais bien celui-là même du grand Univers. Ce Jésus crucifié et sanguinolent sur une croix ne correspond en rien à l'Être venu vous visiter. En réalité, je vous le dis : au grand jamais, cet être n'est mort sur la croix. Cette fable vous fut comptée afin de vous endormir davantage et de vous éloigner définitivement de votre centre de pouvoir. Que la Grâce de ce Haut Personnage universel descende sur vous.

Sa participation à l'histoire d'Urantia ne devait se révéler que de courte durée. Comme le poste de Prince planétaire était vacant, il accepta de prolonger sa visite dans le but de vous guider en votre retour du Cœur et de ses pouvoirs. Sa vision illimitée l'avait averti des déformations et des prises de pouvoir sur sa démonstration incarnant le Je Suis.

Ainsi, Urantia Gaïa a accueilli sur elle, puis en elle, un Être de pure lumière de filiation divine directe. Par sa seule présence, le destin de votre planète fut transformé à jamais. Dès les premiers instants de cette visite, la Terre s'inscrivit dans le livre des planètes potentiellement couronnables et, par conséquent, son devenir fut assuré ; elle porterait assurément le titre de Fille divine, puis d'Étoile.

Depuis sa création, Urantia est hors du commun et nous sommes presque certains qu'il en sera toujours ainsi dans l'avenir. Bientôt, SANANDA remettra l'autorité de Prince planétaire entre les mains d'un autre être. Nous attendons son choix. Le groupe des douze Sages appuyant ce grand personnage fut lui aussi réformé après le départ du premier prince plantaire. Ces entités sont également issues d'une lignée particulière. Elles accueillent, écoutent, aident, instruisent, temporisent ou affirment l'autorité auprès des responsables de chaque cercle, ou dimension, vivant au cœur d'Urantia. Dernièrement, ces responsables ont accepté que la charge administrative de Shambhalla mineure soit transférée à Telos.

Au cours de leurs visites, les Observateurs silencieux préciseront en premier lieu l'objet de leur présence sur cette planète, avant de rencontrer le Prince planétaire qui les informera de toutes ses décisions temporelles quant au devenir immédiat ou futur de ce vaisseau spatial. Parfois, un des douze Sages se déplacera dans une cité administrative extraplanétaire si la présence du Prince planétaire n'y est pas indispensable. Toutefois, aucune décision majeure ne recevra l'aval sans l'accord des Sages et du Prince planétaire. Dans le cas d'une orientation délicate, le Prince planétaire peut apposer son sceau en dernier recours si sa vision de la situation l'amène à prendre position sans qu'il y ait unanimité. Une telle chose se présente rarement, tant la vision des Sages rejoint la sienne.

Quand un décret paraît, chaque haut dignitaire d'un cercle de Vie ou dimension est appelé afin de recevoir la part du décret qui lui incombe. Chacun est alors accompagné d'un groupe de douze Êtres qui le secondent. Le dernier cercle à ne pas s'accorder avec ce profil administratif reste votre dimension à la surface extérieure de cette Terre.

Administrativement, votre lieu d'évolution se verra retirer l'extrême libre arbitre dont il jouit. Progressivement, le dernier décret établi se mettra en place car, doucement, les énergies qui descendent présentement dans votre conscience vous appellent à cela. Naturellement, vous entrez dans une période de transition où ce qui servit comme modèle de vie ne peut plus demeurer et ce qui devra être n'est pas encore. Situation délicate s'il en est une, car vous ne pouvez plus vous accrocher aux schémas anciens en train de s'effondrer et ne pouvez pas vous aligner non plus sur les nouveaux, encore en mouvance avant de s'ancrer.

Vous avez eu le droit de tout expérimenter, mais ceci est en voie d'être terminé. D'accord, vos yeux rencontrent de la misère humaine et il vous est difficile d'admettre une harmonie prochaine. Pourtant, malgré ce regard chaotique, vous entrez bel et bien sous l'autorité du nouveau décret tant planétaire qu'extraplanétaire. Votre Univers entier pénètre un espace de mutation, et aucune de ses cellules ne peut vivre en dehors des autres. L'alignement sera total ; le autour-sur-dedans est concerné.

Par conséquent, vos lois administratives, leurs lieux d'application et tous les êtres les représentant connaîtront un nettoyage en profondeur. Tous les remous présents et à venir s'avèrent nécessaires. Ces temps n'apporteront pas forcément le repos de l'âme et de l'esprit, et tout le corps physique bougera, mais ceci sera de courte durée.

À tout pays, tout homme, toute femme ou toute société ayant le courage de s'aligner sur les hautes valeurs morales de l'Être et appelant la Juridiction divine, nous disons ceci :

« NOUS VOUS SOUTENONS dans ce passage délicat et vous APPORTERONS NOTRE APPUI dans vos affaires. À une condition toutefois : que vous ne fassiez pas semblant !

Voici la raison pour laquelle nous, le collectif SORIA, diligenterons un Être de lumière auprès de tout candidat désireux de s'associer et de vivre dans l'Administration universelle. »

La transformation aura lieu pour chacun, dans sa vie privée, sociale et dans son devenir personnel. Le temps est venu de choisir son devenir. Le RESPECT devant être le moteur du regard-sentiment-pensée, posez-vous les bonnes questions.

# TREIZE

# LA BIENVEILLANTE SURVEILLANCE DE VOS FRÈRES DE LUMIÈRE

Depuis la création d'Urantia, un groupe d'êtres est rattaché à son évolution. Au commencement, sa tâche consistait surtout à observer la manifestation dense de cette sphère de Vie, sans intervention particulière, cette surveillance étant sporadique. Puis vint le temps où Urantia entra dans la phase d'apports d'éléments vitaux. Ce groupe appela alors les Jardiniers de la Terre ; leur action devint commune afin de répondre au plan de Vie de cette planète particulière et au destin si fabuleux.

Pas question de déroger d'un iota des prescriptions originelles, pourtant ils avaient des choix dans le dessein préétabli. Les Jardiniers de la Terre répondirent avec enthousiasme et les plus hauts responsables de la Nature se penchèrent sur Urantia. La famille des éléments vitaux est vaste ; une sélection des types d'influence s'opéra en fonction des nécessités du développement universel. La palette vitale pour cette planète étant considérable, nos jardiniers comprirent qu'ils se trouvaient devant un cas spécifique. Aussi, les plus grands responsables de la Nature décidèrent-ils de rester au service d'Urantia.

Le groupe de surveillants apprécia cette décision et entreprit de visiter plus souvent la planète. Votre Terre entra alors dans sa phase de végétalisation ; les particules d'eau furent amenées dans une forme extrêmement subtile, puis elles se densifièrent selon le procédé universel en vigueur. Les Jardiniers de la Terre se mirent au travail, transportant les sujets végétaux retenus. Lorsque le paysage végétal se forma correctement, ce groupe de surveillants en rapporta le fait en haut lieu et la phase suivante fut déclenchée.

Les responsables de la faune universelle furent appelés et, aussitôt, ils entamèrent leur œuvre. L'apport animal fut étroitement surveillé par notre premier groupe d'êtres attaché à Urantia et il bénéficia d'un long temps afin de s'harmoniser à cette évolution. Enfin, quand nos gardiens enregistrèrent cette grande harmonie, ils la signalèrent aux Sages universels. Ce fut l'instant le plus attendu, Urantia parvenait au stade possible d'évolution humaine. Le pas fut franchi immédiatement, toujours en accord avec le Plan primordial lui étant réservé.

La réalisation humaine se devait de franchir sept grandes étapes. Les premières furent aisées, mais la quatrième phase de l'avènement humain rencontra des difficultés importantes. Aussi, nos surveillants durent-ils rester en permanence en faction autour d'Urantia, de manière à intervenir rapidement si nécessaire. Mais les événements démontrèrent un réel recul de l'esprit humain en cours de développement.

Évoluant dans la quatrième dimension, Urantia dut rétrograder dans la troisième ; émoi gigantesque universellement enregistré en ces temps de troubles. Tous les « médecins » universels furent appelés à son chevet, mais le diagnostic était certain : il s'agissait bien d'une régression de l'esprit. Était-ce une CATASTROPHE ? Non, ces médecins universels restèrent à l'intérieur d'Urantia afin d'épauler les responsables de la planète. Un examen de la conscience planétaire fut décrété, mais il nécessita du temps. Délicate tâche mais, enfin, il fut établi et le Prince planétaire d'alors fut rappelé. Dans le groupe des Sages, deux Êtres durent suivre ce même chemin ; Urantia vacilla sur sa trajectoire !

Afin d'aider le peuple urantien, les voiles de l'oubli descendirent. Ainsi, la culpabilisation ne minerait pas ces âmes-esprits en cours d'étude. Les Surveillants s'enquirent auprès des Sages du grand Univers et expliquèrent leur vision d'intervention pour repartir ensuite sur Urantia sans réponse immédiate. La suite, vous la connaissez ; le Maître est descendu dans le corps de Jésus, puis a repris le gouvernail d'Urantia. Quel en est le résultat ?

L'esprit humain a doucement repris son élévation ; son cœur a choisi alors de baptiser Urantia, *Gaïa*, et, par respect, nous avons accepté d'apposer Gaïa au côté d'Urantia. Cette planète portera désormais le nom d'*Urantia Gaïa* au moment de son couronnement. L'Amour du Sans-Nom, incommensurable, a renforcé le groupe de surveillance, lui adjoignant la Flotte galactique universelle de protection. Ainsi, le ballet de vaisseaux est devenu pluriel.

Les grands Maîtres du temps, de l'espace ont été dépêchés au chevet d'Urantia Gaïa en vue de la reconstruire. Mais, voyez-vous, cela ne s'arrêtera pas là, les Jardiniers de la Terre revenant pour son nettoyage, en vertu du décret. Elle doit revêtir un manteau végétal plus délicat, et la faune correspondra à ce changement. Tout cela se fera sous l'œil bienveillant de nos surveillants. Parlons-en un peu. Qui sont-ils ? Des Êtres de lumière amoureux de la Vie UNE et à son service. Soit, mais encore ? Des enfants des Fils divins. Quelle est la différence ? Les Fils et les Filles supradivins engendrent à leur tour plusieurs lignées d'enfants. Chacune revêtira une expression propre et épousera un rôle défini dans l'organisation vitale du premier Cercle atomique de Vie.

Les descendants des Fils et des Filles supradivins ne sont pas les esprits descendants, thème abordé dans un de mes précédents ouvrages d'enseignement. Quand j'emploie le terme *descendants*, il désigne ici, selon le sens que vous lui accordez, une lignée d'enfants. Peut-être souhaitez-vous que je choisisse un autre mot ? Soit, retenons le mot *enfant*. Vous pensez que je cherche à vous entraîner dans une sorte de confusion ? Non, vraiment pas ; cela me sert seulement d'exemple.

Votre langage est ainsi fait qu'il laisse place à la confusion, et c'est la raison pour laquelle nous vous invitons à élargir progressivement votre palette d'expression !

Mais revenons aux enfants des Fils et des Filles supradivins. La création a réparti les charges et les responsabilités. La surveillance de la cohésion d'un secteur, du plus petit au plus grand, revient à un enfant de haute naissance. En observant la vision du Grand Constructeur, nous remarquons à quel point elle est sage. Vous en conviendrez, on ne peut remettre cette charge entre les mains d'esprits en cours d'aventure ; en l'occurrence, le Sans-Nom a choisi de distribuer les rôles.

Une partie de sa descendance ne tentera jamais l'expérience humaine, afin de rester centrée dans l'énergie supradivine et de servir ainsi de référence. Cette branche revêt l'habit divin dès sa création ; ainsi sont nés les Fils et les Filles supradivins. Ils engendrent leurs lignées (dites secondaires), actives et intermédiaires, à partir des mondes subtils et denses. Ces enfants-là transportent les décrets, les applications et instruisent leurs parents de l'évolution en cours.

Les Jardiniers de la Terre appartiennent à cette génération. Dans leur famille, ils acceptent des aides : les amoureux de la Nature ou vous-mêmes, lorsque votre évolution vous permet de côtoyer de près ces Êtres de lumière. Alors, ensemble, vous partez en mission sur les mondes animés. Pourquoi animés ? Tout simplement parce qu'ils portent des hommes et des femmes vivant dessus ou en dedans. Nous appelons ces planètes *les mondes animés*.

Les humains intégrant les Jardiniers de la Terre entrent en action seulement au cours des périodes de remaniement, jamais dans la phase préparatoire à l'évolution humaine. Ils sont parfois autorisés à partir en mission de vérification dans le cœur des planètes dites *non animées*, c'est-à-dire ne portant ni humanité, ni vie animale ou végétale, ni eau, ni feu sur sa surface extérieure.

Dans ce chapitre, je livre l'existence de deux lignées interactives et agissant ensemble sur le devenir immédiat d'une sphère de Vie : les Surveillants et les Jardiniers de la Terre. Sous leur autorité, nous trouvons des groupes secondaires d'intervention ; les Surveillants sont assistés par la confrérie galactique et universelle, et les Jardiniers de la Terre par les biologistes. Leur rôle consiste à implanter la vie et à la surveiller.

Lorsqu'une planète animée dévie de sa trajectoire ou de son plan initial de développement, ces deux lignées n'interviennent que sur décret. Sinon, elles se contentent de rapporter les constatations faites lors de leur survol de reconnaissance. Ces deux lignées peuvent à volonté abaisser ou augmenter leur fréquence et pénétrer ainsi toutes les dimensions. Ces Êtres sont Amour.

J'aimerais ouvrir doucement votre conscient à la réalité divine en vous livrant les mécanismes de la Création. Votre surveillance aimante reste délicate actuellement, car vous entrez de plus en plus dans un système d'intolérance envers la Vie divine. Votre humanité est régie par une société de profit où tout doit être contrôlé de manière à interdire le choix de l'expression.

La présente technologie cache un système de haute surveillance qui va à l'encontre de la liberté. Les Atlantes, de retour, retrouvent leurs jouets dangereux. Nous sommes avertis de toutes leurs bases secrètes, des engins annihilant la volonté humaine et de votre maintien artificiel dans une basse fréquence rendant les actes difficiles. Ce constat fut établi par nos Surveillants.

L'autorité planétaire repose désormais entre les mains de Marie, celle qui accepta de porter en son sein le grand Maître. Elle n'est toutefois plus connue sous ce nom (ayant retrouvé le sien) et répond aujourd'hui à celui d'ISIS.

L'ISIS planétaire est de retour. Elle est active et agit d'après le constat de nos Surveillants bien-aimés. Le 1er mars 2003, l'ISIS planétaire aura les mains libres, ayant reçu les pleins pouvoirs du Sans-Nom. Aussi, plus que jamais, les deux lignées citées survoleront votre planète pour rendre compte, au fur et à mesure, des transformations de l'esprit humain, de ses prises de conscience et des réactions qui s'ensuivront.

Voyez comment l'autorité planétaire est partagée deux milles ans après l'histoire de Jésus et de Marie. Le grand Maître ayant choisi le poste de Prince planétaire, il réside au cœur de la Terre ; quant à Marie, ayant revêtu l'énergie d'ISIS, elle a autorité sur la surface de votre sphère. Ils se sont séparés, mais œuvrent de concert au devenir d'Urantia Gaïa.

Les deux principaux postes se rapportant à l'autorité planétaire reposent entre leurs mains et leurs volontés unies dans le devenir d'Urantia Gaïa ! On parle souvent du grand Maître, mais peu de Marie. Qui est-elle en réalité ? De quelle lignée est-elle ? À croire que cela ne vous intéresse pas, sinon si peu. Pourtant, c'est une des Filles supradivines engendrées dans le but d'ancrer les énergies de leur Père/Mère primordial sur les mondes animés. Qui donc pouvait engendrer un haut Fils divin pour une si grande mission et réalisation personnelle dans l'incarnation ? Certainement pas un esprit en cours d'expérience humaine. Voilà pourquoi certains de vos écrits relatent l'attention particulière dont Marie, enfant, était entourée.

Ah, j'oubliais ! Joseph, père de Jésus, est un autre fort personnage dissimulé là, derrière l'apparence d'un simple menuisier. Que d'états d'être et de hautes visites vous furent cachés sciemment par l'Église ! Si je devais emprunter l'un de vos qualificatifs pour désigner cet état de fait, j'userais du mot scandaleux !

L'histoire d'Urantia, aujourd'hui Urantia Gaïa, est régulièrement jalonnée de hauts faits supradivins et de visites du même ordre. Comment des esprits tentant l'expérience humaine pourraient-ils cheminer sans l'aide des étoiles et de la réalité divine ? Inconcevable ! Ou alors, nous sommes les pires inconscients qui puissent exister. Grâce au ciel (humour), il n'en est rien et, depuis la nuit des temps, vos frères et sœurs aînés ou supradivins œuvrent ensemble pour la réussite des créateurs que vous êtes. Car vous, qui appartenez à une autre cellule ou famille, aurez la joie d'épouser un jour le vêtement de hauts dignitaires couronnés par l'expérience.

Votre sagesse sera grandement écoutée, en son temps... À vous la surveillance et la maintenance des mondes en évolution à venir. Par conséquent, il est grand temps pour vous de reprendre contact avec la réalité. Ne priez pas Marie mais Isis ; ne priez plus Jésus mais le Prince planétaire. Ainsi, vous leur rendrez hommage. Il faut savoir regarder l'évolution de quelqu'un et s'ajuster. Le rayon en provenance directe du *Soleil Central* se divise en deux charges, l'une sous l'autorité du Prince planétaire, l'autre sous celle d'Isis.

Nous vous avons instruits sur le futur équilibre des pôles masculin/féminin ; le Sans-Nom agit déjà en ce sens. Si les rôles sont redistribués et tenus par de hautes entités, il va de soi que bien des changements auront lieu sur la surface de votre planète. Il ne peut en être autrement. L'immense sagesse divine nourrit chaque cellule planétaire, humaine, animale, végétale, minérale, de l'intérieur comme de l'extérieur. De cette façon, tout ce qui ne rentre pas en résonance avec le nouvel ordonnancement sera purement et simplement éjecté.

Ceci fut rendu possible par la qualité de lumière et de volonté émise au siècle dernier. Les mondes des élémentaux et des fées retrouvent doucement l'aisance du mouvement. À la toute fin, l'humanité se hissera, car elle doit tirer les dernières leçons de son passé. Tout sera dévoilé afin de fournir une base de données complète du possible de l'ombre de l'Ombre.

Ici, nous instruisons les futurs dirigeants planétaires : si vous voulez vous inscrire sur cette liste, réintégrez aujourd'hui les notions du divin. Je vous le rappelle, vous n'êtes que des intermédiaires entre le peuple et les hautes instances divines. Rien d'autre. Le pouvoir vous est prêté et vous avez des comptes à rendre, autant au peuple qu'aux autorités divines. Votre place demeure inconfortable, et ce, jusqu'au jour où vos actions seront transparentes et revêtues de l'honorabilité. Votre conscience du pouvoir est élastique, changeante ; faites attention, cela n'est plus toléré.

(Mes propos inquiètent ma partenaire, car elle sait intuitivement que le temps du jugement céleste a sonné.) Vous pouvez cacher vos actes aux yeux de vos électeurs, mais pas aux nôtres. De grâce, revenez à la raison, cela éviterait bien des tourments planétaires. Tels que vous vous présentez actuellement au regard de la Vie, vous n'entrez pas dans le schéma divin nouveau.

Nos Surveillants planétaires seront encore plus actifs dans le présent immédiat. Contrairement à vous, ils n'ont rien à cacher. L'Amour inconditionnel reste au centre de leur vie. À ce jour, cet état de fait les amène à nous dire qu'aucun gouvernement n'est blanchi de toute tache, que tous doivent être épurés. Tâche délicate s'il en est une, mais ISIS étant déjà en action, nous espérons voir ces mêmes gouvernements revêtus d'un habit blanc. Si ce n'est par conviction intime, que cela soit pour l'intérêt général.

Nous vous aimons et ne vous condamnons pas ; nous vous interpellons afin d'engendrer un changement sain pour le bien non pas de cette seule humanité mais aussi pour le bien universel. Tout amendement sera accepté. Le pouvoir demeure le plus grand piège de l'égoïsme. Le service, la plus grande abnégation de soi ; dans celle-ci, la réalisation intime sera magnifiée, encore faut-il l'épouser.

De grâce, vous, hommes et femmes en poste, revenez au bon sens de la Vie. Car, voyez-vous, il sera fait selon votre attitude. Le cœur du peuple humain s'adresse aux étoiles et demande le changement. Cette majorité a assez souffert. Dans ce sens, le Grand Constructeur a fait paraître un décret pour rendre le bonheur d'être à cette multitude. Tous les paramètres indiquent une augmentation du désir de l'humanité de retrouver la famille universelle. Ce désir est suprême.

Nous remercions les Surveillants de planètes de nous l'avoir transmis. Le tourment de cette humanité se termine, et cela est bien ainsi. Nous avons encore besoin des données qui seront émises jusqu'en 2012 mais, dès à présent, le retour à l'harmonie commence ; la nouvelle grille magnétique s'active et désamorce les vieux schémas d'idées.

J'aimerais vous entretenir quelque peu de la Confrérie universelle regroupant les esprits en évolution désireux de contribuer au maintien de l'harmonie générale. Ces esprits sont directement sous l'autorité des Sages universels travaillant parallèlement avec le groupe de surveillants. Leur technologie s'aligne sur la volonté d'aider les planètes en difficulté. La Confrérie est constituée des esprits venant de toutes les constellations regroupées en une flotte d'intervention efficace.

Les moyens d'action mis à sa disposition intègrent les rayons de lumière cristalline, atomique ou solaire. Cette flotte est placée sous la juridiction directe des princes planétaires et fonctionne en symbiose avec toutes les lignées d'intervention extraplanétaires. Elle comprend des vaisseaux naviguant dans les troisième, quatrième et cinquième dimensions, selon le besoin, la sixième s'ouvrant seulement à leur champ d'action. Ces intervenants sont les Gardiens de la paix galactique et universelle.

Dans l'instant, ils demeurent discrets, remplissant ainsi la volonté des Hautes Instances. Bientôt, vous les verrez agir au grand jour. Cette humanité doit d'abord réintégrer tous les niveaux de vie planétaire, intra et extraplanétaire.

Il n'est pas forcément facile de passer d'un état d'orphelin à celui d'appartenance à une vaste famille aux multiples facettes. Vous pensez que je vous fournis des informations complexes ? Il n'en est rien. Je suis surtout attentive à vous rendre la connaissance et je reste attentive à l'intégration progressive de celle-ci. Votre pouvoir d'absorption est grand. Il faut simplement l'entrouvrir doucement afin de laisser filtrer la lumière étincelante qui s'y cache.

Mais, entre nous, lorsque vous enlevez votre masque, même seulement quelques secondes, vous n'êtes pas étonnés. J'observe le diaporama de vos flux intérieurs et il parle de lui-même. Cela n'est qu'un jeu avant de reprendre le sérieux. Et vous me le dites, satisfaits de cette espièglerie, mais vous êtes bien prêts à recevoir plus d'informations.

Voyez comment je place l'histoire universelle et ses multiples visages au sein des livres. Vous jouez, et moi je déjoue vos facéties, vous prenant à l'avance dans ce jeu de cache-cache. À chaque pas, je brise un peu plus l'amnésie de votre identité divine ; je me ris de vos enfantillages et j'écoute avec respect vos intentions sérieuses de réintégrer la famille.

Alors, encore une fois, nos Surveillants planétaires et les Jardiniers de la Terre feront leur travail en accueillant vos doléances et en nous les transmettant. Certes, vos guides intimes et la famille angélique suppléent à nos divins frères, mais il est bon d'écarter encore un peu le voile de l'ignorance. Il y a trop de lignées divines, de Fils et de Filles supradivins, de fraternités célestes à votre service pour continuer de rejeter leur bénéfique présence. Sans eux, vous n'auriez pas joui du pouvoir du libre arbitre, car à n'en pas douter, c'est l'un des plus grands pouvoirs mis à la disposition d'une humanité expérientielle.

Je vous invite à revêtir l'habit de l'humilité puis à glisser dans celui de la responsabilité. Ainsi, votre pouvoir extrême du libre arbitre aura porté ses fruits.

# QUATORZE

# L'ÉNERGIE FÉMININE, OU L'ISIS PRIMORDIALE

Votre mythologie évoque Isis et Osiris.

Pourquoi croyez-vous que les Égyptiens des premiers temps rendaient un culte à ces dieux ? Étaient-ils fous, illuminés ? Illuminés certainement ! Car ils avaient alors une parfaite connaissance du rôle tenu par ces deux Êtres exceptionnels. Dans ce chapitre, je souhaite surtout visiter l'énergie féminine.

Il est bon de vous souvenir que je vous ai déjà indiqué l'importance de cette énergie. Rappelez-vous, c'est bien elle qui crée la Vie, et non l'énergie masculine.

Nous observons ceci : quand l'énergie féminine règne, l'expansion de la conscience parcourt l'esprit de l'humanité, fluide, riche et aimante. Quand l'énergie masculine reprend le pouvoir, les esprits entrent dans une séquence moins florissante et, si dans cette période domine la dépravation de certains, on rencontre alors le type de société qui est actuellement sur cette planète. La féminité est mère de toute civilisation versée dans les arts ; la masculinité engendre la technologie. En deux petites phrases, je souligne l'équilibre possible de la science (technologie) et des arts.

Je ne parle pas seulement de peinture, de sculpture ou de musique mais aussi de clairaudiance, de télépathie et d'autres capacités de cet ordre ; tout ce qui entre dans le mot *Don* est, en somme, issu de la féminité. Le danger réside dans la séparation des pôles féminin et masculin. Les guerres, quant à elles, sont engendrées par un déséquilibre poussé du masculin. Si vous le voulez bien, prenons l'exemple d'Urantia Gaïa. Son histoire révèle des passages d'un pôle à l'autre. L'esprit masculin étant aujourd'hui dominant et vicié à l'extrême, les envolées belliqueuses éclatent de toutes parts, mais observez les tendances féminines cachées. Elles tempèrent, proposent, souhaitent et modulent. Fatiguée d'un despotisme à outrance et d'une ingérence manifeste, l'humanité s'ouvre, et sa propre féminité l'appelle. Par conséquent, la Matrice de Vie répond à ce souhait et le flux féminin reprend le chemin vers vous. Mais cette énergie créatrice de Vie se doit d'être dirigée et redistribuée ; nous trouvons également ici une chaîne d'appartenance.

L'énergie féminine porte le nom d'ISIS dans ce premier Cercle atomique de Vie. À la sortie de l'Île Centrale et de ses sept cercles de Vie, nous rencontrons auprès des Sages du Super-Univers l'ISIS responsable de la diffusion de l'énergie féminine pour tout le secteur concerné. Puis, chaque division intérieure accueille une Isis retransmettant d'une manière atténuée cette Force primordiale. Cette chaîne d'appartenance s'achève par la présence d'une *Isis* sur un monde animé. ISIS est le titre d'un poste, tout comme CHRIST.

Mais avant que cette chaîne d'appartenance n'entre en fonction, regardons un peu plus loin. Le Sans-Nom, Grand Père/Mère primordial et androgyne de son état, chercha à se reconnaître ; dans l'établissement de son identité, il créa une séparation. Séparer l'inséparable ! Il remit donc à une partie de lui-même le soin de protéger l'autre, cela devant assurer la pérennité de sa création. Il constitua les lois propres à ces deux états, en apparence dissociés mais toujours reliés l'un à l'autre sans pouvoir vivre éloignés. Étrange partage : à la fois désunis et attachés, chaque pas accompli les faisant bouger tous deux ! Le but suprême restant le rappel de l'origine. Voici les deux parties de l'Identité du Sans-Nom prêtes au voyage initiatique, à la recherche d'elles-mêmes.

L'énergie féminine entra en action et lança les germes de Vie supportant le Plan du Sans-Nom, devenant le Père/Mère originel aussi appelé le Grand Architecte, le Grand Constructeur. ISIS engendre, pense et agit tandis que le masculin demeure en attente. Dans quelle attente ? D'être nommé, et ISIS lui donne le nom d'OSIRIS. Le voyage commence ; l'OSIRIS primordial est né et sert ISIS. Le Plan entre en fonction. L'énergie féminine ondule, caresse, entoure, génère et expanse. L'énergie masculine contracte, porte les germes et les protège. Les défauts de ces deux pôles sont la soumission dans le cadre féminin et le guerroiement dans le cadre masculin. Jusqu'ici, le premier Cercle atomique expérimente séparément ces deux pôles en vue de reconnaître l'identité de chacun. Les groupes d'Êtres ancrés dans la maîtrise du Soi utilisent les deux conditions avec intelligence. La technologie au service de l'amour et l'amour au service de la technologie. Comprendrez-vous enfin pourquoi j'insiste tant sur votre mauvaise technologie basée sur la domination et le pouvoir à tout prix, rejetant l'Esprit, la Fraternité et l'Amour ? S'ils étaient acceptés, le pouvoir militaire s'ouvrirait aux pulsions honorables de la Vie. Regardez comme il devient presque impossible de mettre en place tout choix personnel ! ISIS, énergie féminine, s'était voilée jusqu'à ce jour de façon à vous laisser à la grande Leçon. Laquelle ? demandez-vous. C'est assez simple, celle du non-amour.

Il s'agit bien de cela ; vous vivez dans le non-amour, ignorant les Lois cosmiques. Bientôt, si nous ne réagissons pas, cette planète sera complètement entourée d'une gangue d'énergie *métal* l'isolant des influences universelles. Mais ce serait sans compter sur notre présence et sur l'amour de votre humanité. Les réactions de la masse populaire dégagent maintenant les bases essentielles requises pour accueillir le retour de la Vie universelle. Du plus profond désarroi du préhumain, des étincelles d'amour furent enfin lancées vers les Cieux. Nos Surveillants planétaires nous les ont ramenées, fiers de cette amorce et heureux de leur travail. Ils savaient ô combien nous allions nous empresser de répondre. En l'occurrence, l'ISIS primordiale siégeant auprès des Sages du Super-Univers se rendit dans l'Île Centrale, demeurant absente un mois de votre temps. Période nécessaire pour recueillir les accords du Sans-Nom. Dès son retour, nous n'avons pas attendu longtemps avant d'avoir les premiers décrets, et jusqu'au dernier nous annonçant l'envoi des rayons de l'Île Centrale en ligne directe sur Urantia. Nous savons ce que cela signifie ; votre planète est acceptée et propulsée vers son couronnement. Depuis, nous accueillons les précisions dévoilant le grand Plan, certes pas dans sa totalité mais par fractions.

L'ISIS primordiale fut adombrée d'une qualité exceptionnelle de l'Identité du Sans-Nom. Dans l'immédiat, elle en transmet le plus important : la revitalisation de l'énergie féminine. Dans un premier temps, seule cette division de l'identité reçoit cet apport en vue de rééquilibrer puis d'établir la vision universelle. Quand cela sera accompli, l'énergie masculine devra expulser ses travers, non pas pour payer un tribut quelconque, mais bien pour s'associer en égale avec l'énergie féminine et régner en couple. Car l'avenir de votre planète accueillera bien un couple parfait comme régent planétaire, réellement installé à sa surface. Son rôle consistera à seconder le travail du Prince planétaire et du Conseil des Sages. Chacun sa place !

Désirez-vous aborder un peu plus le thème de l'équilibre d'une planète ? Dès sa conception, un couple reçoit le plan de cohésion des particules le constituant. Jusqu'à sa totale réalisation, ce couple restera en charge de ce travail. Dans un second temps, quand une humanité devient résidente en son cœur, le Prince planétaire arrive avec un Conseil de Sages ; leur mission est d'administrer l'évolution de l'esprit de groupe. Puis descend un couple porteur des énergies féminine et masculine. Enfin, en dernier lieu et ponctuellement, vient un couple adamique à la surface extérieure : Adam et Ève. Vos écrits bibliques y font allusion. Eh bien, ces deux noms cachent un poste de responsabilité. Lequel ? Celui d'apporter une souche d'enfants divins à un moment précis de l'évolution de l'humanité, de manière à propulser celle-ci vers un état divin en lui offrant une descendance prête à adombrer de son énergie particulière toute l'humanité résidente.

Voici en quelques mots les lignes directrices d'un plan d'évolution d'une planète animée (soit portant la vie humaine). Toutefois, Urantia Gaïa n'entre pas dans un déroulement universel normalisé. Aussi, nous nous réjouissons de voir à sa surface Isis prendre les rênes du pouvoir temporel. Cela annonce un rétablissement de votre développement cosmique. Cependant, étant donné que vous êtes *à part* du déroulement normalisé, nous devons estimer votre résistance, celle qui fut acquise pendant cette précédente période de troubles. Nos interventions tiennent compte des germes d'esprit naissant. Le respect de tous entre en jeu. Nos actions seront donc tantôt musclées, tantôt douces, et ce, dans le but de contourner vos rails d'expression.

L'Isis temporelle d'Urantia Gaïa a donc reçu par conséquent une force d'autorité en relation avec l'état de l'esprit de cette humanité résidentielle. En réalité, je vous révèle ici que la mère de Jésus (du *Je Suis*) connaissait parfaitement son devenir. Au-delà de l'histoire (remaniée) de sa vie terrestre, cette Enfant divine portait sa destinée et se devait de jouer son rôle à la perfection. Comme n'importe quelle femme, elle dut épouser la vie terrestre afin de ressentir, dans sa chair, l'esprit de la race humaine en cours de développement et donc porter des enfants, les nourrir et conduire l'un d'eux à sa vocation suprême. Une fois ceci réalisé, elle fut dégagée de ses obligations terrestres afin de poursuivre sa propre évolution intérieure et de retrouver son état primordial. Cela fut fait en son temps et Marie ne quitta pas cette Terre. Comme vous pouvez le faire, elle ascensionna en son Esprit et put ainsi prendre place dans le rôle qui lui était imparti bien avant sa naissance sur cette sphère. Elle œuvre depuis dans le silence et en retrait de son Fils couronné, attendant son propre couronnement. Elle exécuta son service en s'occupant des enfants, mais aujourd'hui les sceptres de l'autorité reposent entre ses mains. Son séjour dans cette attente lui permit de recueillir tous les éléments quant aux rouages et aux déviations d'une toute petite partie de l'humanité. Forte de ces constats, elle a bâti son ministère avec une poigne de fer afin de reconstruire l'identité féminine et de l'imposer. Son objectif principal est de débarrasser la planète d'une technologie erronée et de n'en laisser qu'une base saine, de ramener les scientifiques à Elle et d'obliger les responsables de groupes (chefs d'État) à retrouver la raison puis à se lier aux exigences divines. Quand cela sera atteint, alors Isis (Marie) reprendra une croissance douce.

Aimeriez-vous savoir aussi ce qu'est devenu ce menuisier, le père de Jésus ? Dans le silence, il s'est préparé également à endosser le rôle d'Osiris, en son temps bien sûr. Il s'est fait discret, mais vous a-t-on dit que c'était un très grand initié ? Il a atteint un degré de réalisation dans l'ombre de son Fils et fut heureux et fier d'avoir contribué au retour de cette Terre dans le sein cosmique. Il n'est pas pressé, sachant que son heure sonnera, et pour l'instant il épaule dans l'ombre son épouse bien-aimée. Seule la vision d'Urantia Gaïa couronnée lui importe ; il attend donc, heureux tout simplement. Quand il viendra siéger auprès de Marie/Isis, il réactivera l'équité dans l'énergie masculine.

Comment pouvez-vous croire que deux Êtres ayant accueilli une entité aussi prestigieuse que le grand Maître rentreraient dans l'oubli et ne participeraient plus au devenir de votre planète ? Il n'y a que votre vue étroite et voilée du moment pour expliquer cela. Sinon, ce serait insensé !

Les Égyptiens des premiers temps étaient en parfaite harmonie avec les Lois Divines et, en rendant un culte à Isis et à Osiris, ils les appelaient. Mais eux aussi devaient entrer dans un oubli temporaire pour que « les mauvaises herbes intérieures de l'Être » soient arrachées.

La Vie est UNE et, au commencement, elle envoie toutes les lignées nécessaires au développement d'un être (d'une planète). Sur votre Terre résident plus de trente-cinq grandes lignées célestes. Aussi, nous vous en restituons doucement la connaissance. Les unes après les autres, elles émergeront bientôt dans votre quotidien. Nous ne vous demandons pas de recréer des rites mais de prendre place à leurs côtés, d'occuper votre siège et d'y régner. En attendant, l'ISIS prend vie sans voile sur votre sphère de Vie.

À vous de vous ajuster et de comprendre qu'il ne peut y avoir autant de milliards de galaxies sans qu'un Esprit supérieur supervise le bon déroulement de ce mouvement perpétuel. Comment, parmi plusieurs milliards de milliards de planètes, pourrait-il n'y avoir qu'une seule Terre habitée ? Ce serait un non-sens, voilà tout, un de plus mais combien catastrophique dans votre raisonnement. Oui, je sais, amis lecteurs, vous croyez en la vie extraterrestre, mais si je vous livre cette réflexion, c'est pour vous aider à trouver des mots simples quand on vous demande des preuves de ces existences. Répondez donc par une question sollicitant le raisonnement. Qui cherche des preuves n'en aura pas, mais qui accepte sans preuves en recevra à foison. Telle est la Loi cosmique. Il faut d'abord croire, accepter, et la connaissance viendra. Connaître, ce n'est pas croire, mais la foi ouvre la voie de la connaissance ; pas de foi, pas de connaissance. Ainsi va la Vie divine.

Ce premier Cercle atomique de Vie a trop d'importance dans le grand Plan pour que nous soyons endormis. N'oubliez pas, Urantia Gaïa devient une planète relais entre l'Île Centrale et les Cercles atomiques à naître. Tous les

Êtres primordiaux et les grandes Forces de cet état s'installeront ici, progressivement. Non pas dans l'éther mais bien dans la densité. Bien sûr, à partir de la cinquième dimension seulement, mais pourquoi ? Parce qu'Urantia Gaïa parvient aux portes de la quatrième et ne fera que la traverser afin de s'établir dans la cinquième pour un temps. Aussi, lorsque vous, Urantiens, arriverez dans cette cinquième dimension, vous côtoierez tous ces Êtres primordiaux. J'entends déjà vos exclamations : Comment ! Dans la cinquième dimension ! Mais elle se moque de nous ! Elle cherche à nous leurrer ! (et d'autres du même genre). Pourtant, oui, votre trajectoire directe et rapide vous conduit dans la cinquième dimension. Car tout votre Univers résidentiel a ordre de s'élever jusque-là. Non pas dans les siècles des siècles, mais maintenant ! Pourquoi serions-nous si nombreux à venir vous aider dans cette transition, sinon que parce qu'un but suprême vous propulse rapidement dans l'ascension de votre esprit ?

Depuis la cinquième dimension, vous entreprendrez d'instaurer les bases de l'esprit à développer en vue d'être les gardiens, les surveillants, les éducateurs et les maîtres des grandes lignées quand les portes s'ouvriront sur les mondes nouveaux à partir d'Urantia Gaïa. Celle-ci sera la référence des humanités résidentielles sous sa juridiction. Alors, ne vous étonnez pas du retour d'ISIS, Mère primordiale.

Votre planète entre dans les retrouvailles de son histoire passée. De ce temps où elle était encore en alignement avec l'Esprit divin, juste avant de pénétrer le trouble et d'affronter les épreuves et les tests. L'initiation du quatrième chakra d'une Terre représente toujours un moment incertain, mais il est bon d'ajouter ceci : comme votre planète a déjà franchi le portail de la quatrième dimension et y a vécu un temps, ce nouveau passage ne nécessitera pas d'y demeurer. C'est bien la raison pour laquelle, une fois les portes de la quatrième passées, vous continuerez sans un arrêt vers la cinquième, là où vous attendent tous les grands Maîtres responsables de l'énergie primordiale (extra-terrestre) ou de l'esprit humain. Car c'est bien à partir de la cinquième dimension que le préhumain deviendra digne d'être nommé humain. Étape intermédiaire de ce qu'il fut par le passé et de ce qu'il sera dans le futur. Humain signifie « *l'Esprit divin se plaisant dans la matière* ». Après, il lui faut revêtir le manteau de la Lumière cosmique et l'étaler sur la matière. Toute l'épopée d'un esprit réside dans une succession d'étapes ; celui-ci ne peut jamais s'installer définitivement dans un lieu de son être, sauf dans l'Amour, rien que dans l'Amour, c'est-à-dire la pensée au service du regard et du sentiment. Avant de placer la pensée en tête de ce triptyque, avancez-vous et glissez-vous dans la cinquième dimension. Oui, rien de nouveau sous le Soleil, rien que de l'ancien, cet ancien oublié. Toutefois, au milieu de cette suite de mots, la mémoire collective s'anime ; son réveil présage un remue-ménage. Rien de grave, juste un peu de déblayage et encore un choix. Faites le bon. Ne vous trompez pas ; le temps présent ne le permet pas. Votre choix ouvrira un chemin, le vôtre, rien que le vôtre. Ici, vous vivrez une grande aventure. Ailleurs, vous serez confrontés à une révision et à l'obligation de faire ce que vous avez refusé d'accomplir ici.

Le choix, terrible arme des guerriers de la Lumière ; là aussi, nous devrons un jour vous entretenir de cette Confrérie au service des humanités en expérience. En effet, il y a un groupe d'Êtres toujours prêts à vous venir en aide : des kamikazes. Ils réclament une planète en perdition afin de la ramener dans le cortège des Filles réalisées (planète en cours de couronnement), ce qui nécessite une bonne dose de caractère bien trempé. Nous les aimons. Leur difficile tâche nous offre la possibilité d'instaurer ensuite les racines de l'Identité du Père/Mère originel. Alors, vous qui êtes installés en la croyance établie par un petit nombre disant que seule cette planète porte la Vie, acceptez de regarder cette fourberie monstrueuse. La Vie anime des milliards de planètes où l'enveloppe de chair diffère souvent de la vôtre mais où les principes de Vie sont fondamentalement les mêmes.

Désormais, l'énergie féminine adombre votre lieu de résidence, Urantia Gaïa. Les Urantiens et Urantiennes commencent à enregistrer des mouvements au sein de leurs mémoires. La rigidité engendrée par le passé se fluidifie et, ainsi, chacun et chacune retrouvera la mouvance enrichissante d'*être*. Technologie il y aura, mais dépouillée du pouvoir de mainmise sur l'autre. La joie de l'évolution revient ; votre vie devient différente, car nous travaillons au retour du respect de la différence. Cela enrichit la communauté.

ISIS rétablit la balance cosmique ; tout être vivant sur cette planète sera pesé et recevra son lot. Sa justice, sévère dans un premier temps, s'adoucira quand les autorités religieuse, scientifique, militaire, gouvernementale en place dans le monde de la densité réinstaureront la sagesse et la paix dans leurs discours naturellement appuyés par une démonstration concrète du respect de tous.

Votre justice actuelle entre dans une spirale de régénération, soit de nettoyage sans mièvrerie. La Loi est la Loi, et plus que le reste, la loi humaine doit s'aligner sur la Loi divine universelle. ISIS est la loi en mouvement. Que chacun comprenne les temps nouveaux. Ils représentent simplement le retour aux sources. Adieu l'extrême libre arbitre, bienvenue au retour de l'obéissance. Dans cet échange, vous retrouverez votre liberté et votre identité. Il faut se perdre pour se trouver, étrange ! Espoir nouveau, espoir ancien, espoir tout court ! La connaissance est de retour avec son fonctionnement. Dans celui-ci, vous serez en face d'ISIS, la Mère primordiale. Ainsi Marie quitte-t-elle son vieux vêtement pour enfiler le nouveau. La douceur laisse place à la fermeté. À vous le choix de la servir ou non ; Jésus, son fils bien-aimé, adombre sa volonté de sa force. Elle est invincible ainsi. L'énergie masculine primordiale la protège dans son ministère.

ISIS va constituer un Collège de douze femmes qui l'assisteront, toutes ayant un caractère d'airain forgé tout au long des épreuves passées. À n'en pas douter, l'énergie féminine sera bien représentée. Ne vous y trompez pas ; il ne s'agit pas de faire place à des saintes ! Non, il s'agit simplement de femmes prêtes à donner leur vie de façon à ancrer le grand destin d'Urantia Gaïa.

Allez en Paix, hommes et femmes de cette terre, car la Hiérarchie céleste est de nouveau ici. Sa présence présage un retour aux normes universelles. Il lui faut approfondir maintenant les données transmises par vous-mêmes.

ISIS va ensemencer la vie humaine sur des champs vierges.

Que la Joie vous visite, car la Mère des mères est là et vous serre en son sein. Comme toute bonne mère, elle grondera devant les bêtises accomplies puis nettoiera les blessures. La guérison de la mémoire ancestrale peut dorénavant avoir lieu. Tout est bien.

ISIS EST DE RETOUR.

Annoncez cette grande nouvelle.
Chantez-la. *Isis est de retour*,
plus forte et déterminée que jamais.
Alléluia.

# QUINZE

# RÉVÉLATIONS SUR LA STRUCTURE DU COLLECTIF SORIA

Le Collectif SORIA a la tâche d'englober toutes les réalités en vigueur dans le premier Cercle atomique de Vie. En son sein, nous trouvons donc tous les Maîtres responsables d'un secteur en mouvement. Il est positionné à la périphérie intérieure de ce cercle, soit juste entre le monde de l'expérience et le monde de droit divin (les sept cercles de Vie et l'Île Centrale).

Le Collectif SORIA répond à toutes les sollicitations du Sans-Nom et leur donne vie dans les mondes d'expérience. Pour cela, les Sages de la Force atomique, les responsables de la Force solaire et les Maîtres Cristaux répondent aux besoins temporaires du Collectif SORIA. Malgré sa grande responsabilité envers la Vie, celui-ci demeure attentif aux lois en vigueur dans chaque chaîne de Vie issue du Sans-Nom.

Un responsable du collectif est nommé à chaque phase importante, avec douze membres suppléants. Présentement, Je Suis Ichnalia, porte-parole et responsable de la mission SORIA pour Urantia Gaïa et les six autres planètes relais. Comme ma partenaire est volontaire pour entretenir la relation SORIA avec votre planète, nous lui avons demandé d'être également la receveuse de la transmutation des relations entre votre planète et les planètes relais. Malgré son oubli (accepté du reste…), il n'en demeure pas moins que notre porte-parole terrestre transmet dans son corps le mouvement relationnel des forces en jeu entre ces sphères relais. (Et là, elle me fait les gros yeux et se demande quel genre de révélation je peux encore lui asséner ! Courage, car il y en a encore !) C'est aussi la raison pour laquelle ses journées ne ressemblent en rien à un grand fleuve tranquille. Tous les humains s'ouvrant aux énergies SORIA suppléent son travail. Oubliez mon nom et ne gardez en mémoire que celui de SORIA relié à Régine Françoise Fauze.

Plus vous serez nombreux à vous lever et plus nous serons assurés du bon résultat de notre intervention. Nous souhaitons vous faire observer les schémas des pages 191, 192 et 193.

Reprenons. Le Collectif SORIA, basé à la périphérie intérieure, travaille avec les sept Super-Univers, qui viennent désormais d'entrer en mutation profonde. Cependant, seul le vôtre reçoit une charge plus forte dans cette transmutation, soit :

- Un détachement de 4 520 Êtres de notre collectif pour Urantia Gaïa. Pour les autres planètes, le groupe est d'environ 1 100 à 1 300 Êtres. (Une cellule reste en place à la périphérie intérieure.)
- Les clés majeures du Cercle atomique de Vie, qui furent déposées dans les codes-gènes d'Urantia Gaïa (que cela vous étonne ou pas), d'où ce groupe plus important sur votre planète.
- Un porte-parole sur chaque planète relais encodée, de façon à répondre aux sollicitations subtiles du responsable SORIA en place sur Urantia. Le plan étant de grande envergure, les choix sont rigoureux. Un groupe de douze suppléants capte sur chaque planète relais la spécificité des membres suppléant le porte-parole et responsable du Collectif SORIA. Ce dernier a la possibilité de faire appel à toutes les chaînes d'appartenance en action dans les sept Super-Univers.

## Schéma I

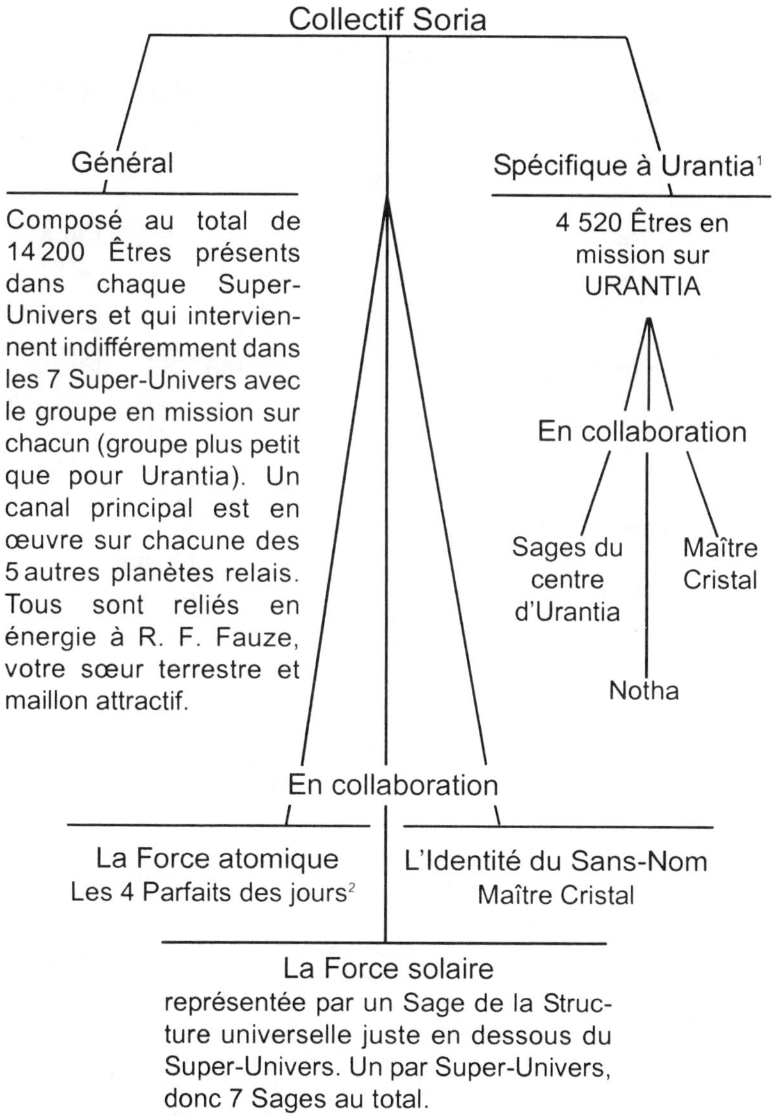


1) Un groupe de 4520 Êtres de l'énergie Soria est détaché pour la phase actuelle. Dans ce groupe nous trouvons en Service les Sages du Centre d'Urantia, Notha et le Maître Cristal.

2) Groupe d'Esprits en service administratif.

## Schéma II

### Distribution des énergies Soria et des chaînes d'appartenance à son service

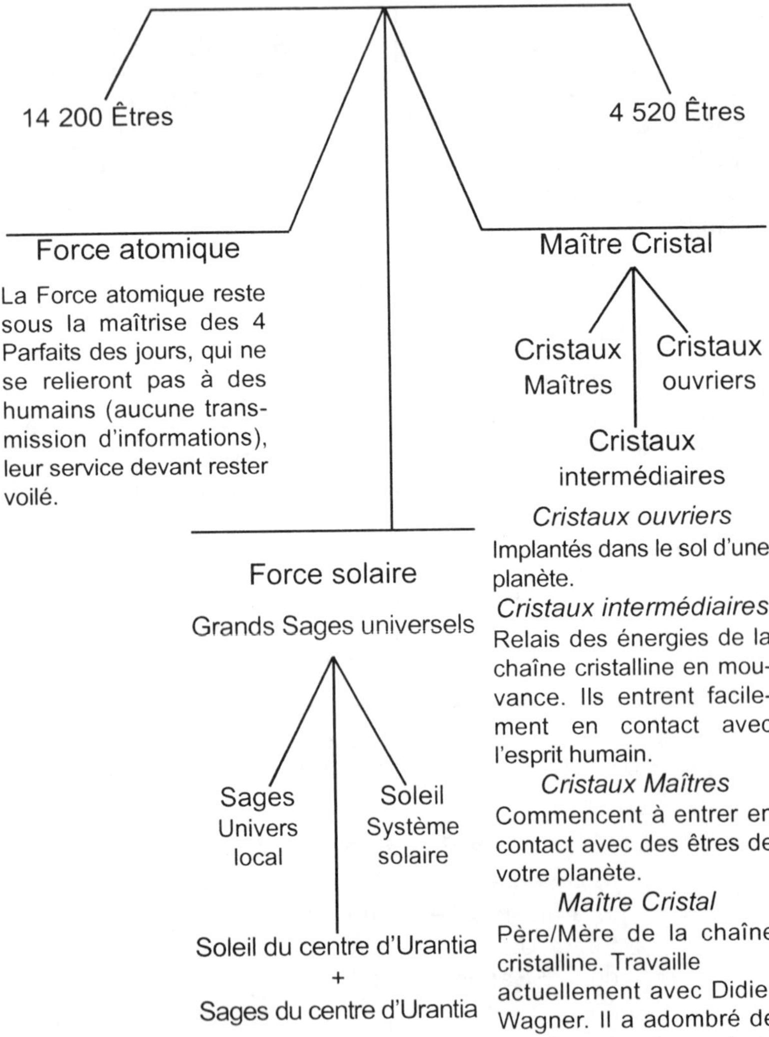


La Force atomique reste sous la maîtrise des 4 Parfaits des jours, qui ne se relieront pas à des humains (aucune transmission d'informations), leur service devant rester voilé.

*Cristaux ouvriers*
Implantés dans le sol d'une planète.

*Cristaux intermédiaires*
Relais des énergies de la chaîne cristalline en mouvance. Ils entrent facilement en contact avec l'esprit humain.

*Cristaux Maîtres*
Commencent à entrer en contact avec des êtres de votre planète.

*Maître Cristal*
Père/Mère de la chaîne cristalline. Travaille actuellement avec Didier Wagner. Il a adombré de ses énergies l'aura de la planète et sa structure souterraine.

## Schéma III

Énergie Soria

4 520 membres détachés sur Urantia

Un porte parole du Collectif Soria

Des suppléants

Un porte parole urantien (R.F.Fauze)

Des suppléants
afin d'équilibrer
les forces

## Schéma IV

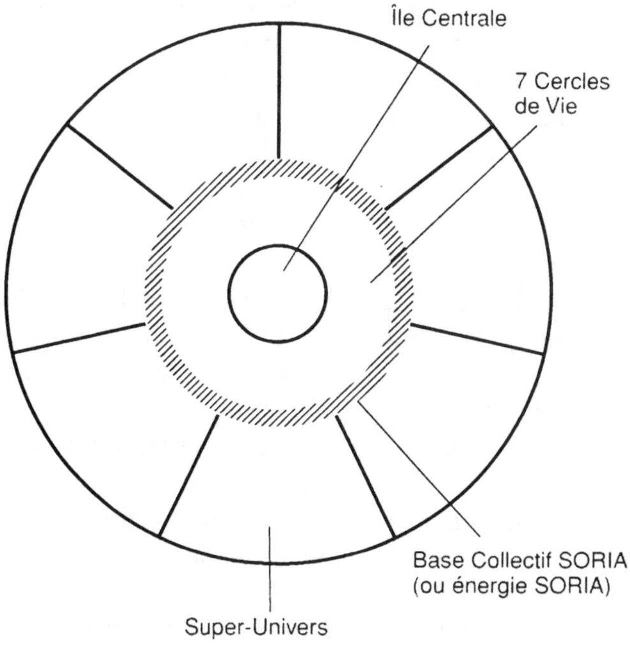

Le Collectif SORIA intervient toujours après un remaniement de la grille magnétique d'une planète majeure (oui, Urantia Gaïa en est une dans le grand Plan divin).

Notre ami KRYEON œuvrait déjà dans un secteur donné avant l'entrée en action du Collectif SORIA et sa force d'intervention peut également agir dans l'un ou l'autre des Super-Univers.

Le Maître Cristal du Super-Univers concerné travaille, quant à lui, conjointement avec le groupe SORIA. En l'occurrence, le Maître Cristal de votre Super-Univers ayant fait son entrée dans l'aura de votre sphère de Vie, il y est maintenant actif, émettant sa lumière, sa force et ses lois par le biais de Didier Wagner, le compagnon de Régine. Voici une parfaite synchronicité entre deux humains, leur contrat de Vie demeurant bien celui d'unir les vibrations du Collectif SORIA et du Maître Cristal !

Vous, les autres humains entrant en relation avec les Cristaux et recevant des informations sur leur réalité, comprenez que vous êtes en symbiose avec les Cristaux maîtres et les Cristaux intermédiaires (tout au long de cette chaîne d'appartenance, jusqu'à vous). Le Maître Cristal attend une assise des énergies cristallines avant de s'exprimer à son tour.

Dans le grand sidéral, la Vie se décompose selon ce mouvement :

- L'Île Centrale, avec les sept Cercles de Vie et leurs temples d'information, est ceinturée d'une membrane énergétique afin de contenir les esprits nouveau-nés en cours de préparation à la vie de l'expérience.
- La périphérie intérieure de la ceinture de l'Île Centrale, où résident les Sages de chaque Super-Univers et les quatre Forces primordiales que sont :
  - la force magnétique sous la responsabilité de KRYEON,
  - la force d'intervention répondant au nom de SORIA,

– les Observateurs silencieux se déplaçant à la vitesse subatomique et rendant compte des avancées d'un secteur, d'un être en particulier, d'une mission, etc.,
– la force cristalline induite par le Maître Cristal, qui se déplace peu mais toujours dans le cas d'une phase primordiale.

Il y a une planète principale dans chaque Super-Univers où résident les Sages, leurs suppléants et leur administration. Puis s'imbriquent les divisions universelles majeures, avant que l'on puisse y distinguer un univers local constitué lui-même de systèmes solaires.

Les quatre Forces primordiales sont indépendantes de celles en mouvance dans le grand sidéral. Mais bien que le Maître Cristal soit un Fils premier-né du Grand Constructeur et, en cela, lui-même Père/Mère de sa lignée cristalline, il répond aisément aux sollicitations du Collectif SORIA, Force active du Grand Constructeur, soit son action en mouvement.

Quant au collectif magnétique, il représente une autre forme d'action directe du Sans-Nom. Par filiation, ce groupe intervient en premier lieu, puis le collectif SORIA, appuyé des Maîtres Cristaux, entre en action. En cette période si particulière, tous les Maîtres Cristaux sont actifs de façon à établir l'harmonie définitive dans le grand sidéral, et ce, en raison de la naissance imminente du deuxième Cercle atomique de Vie.

Les Observateurs silencieux, eux, sont les aides conjointes des trois autres Forces ; ils sont autonomes, gracieux et toujours plaisants de compagnie.

Si, aujourd'hui, nous vous livrons ces schémas de la structure (léger toutefois en rapport avec la réalité), c'est en réponse à votre demande et pour vous préparer aux futures visites.

Revenons à l'accélération du débit des informations transitant jusqu'à vous. Vous pensez « Mais pourquoi recevons-nous autant tout à coup ; cela est-il vraiment utile ? N'allons-nous pas au contraire nous éloigner de notre source plutôt que de nous en approcher ? » Vos questions, bien légitimes, sont issues de votre vue étroite due à tous ces millénaires d'oubli de qui vous êtes. Toutes les conjonctures primordiales des Forces actives dans le grand sidéral sont enfin réunies et l'espoir général converge vers la possibilité de travailler ensemble à abaisser les frontières entre les Super-Univers. Alors, oui, vous devez recevoir toutes les sources de nourriture propices à cette réalisation ; ajoutons l'événement de la simultanéité de la naissance du deuxième Cercle atomique de Vie avec celle du premier Cercle atomique de Vie uni et UN dans sa personnalité. Par conséquent, vous êtes tous appelés à cette réalisation commune. Aussi, nous vous le répétons : le temps vous est compté et le sera encore davantage après l'année 2012, celle de la proclamation officielle de la réunion des sept particularités de la personnalité expérimentée dans les sept parties de cet endroit au devenir gigantesque ! Oh non, cette proclamation ne provient pas des résultats de ce seul système solaire, bien que celui-ci ait eu un effet certain sur cette décision. Nous n'avons pas encore reçu le compte rendu de la décision officielle.

Je reprends le partenariat entre le service magnétique et le nôtre. L'enjeu sidéral étant actuellement magistral, un représentant par Super-Univers s'active à apporter les modifications magnétiques depuis la périphérie extérieure afin que ce mouvement vienne se répercuter sur l'ensemble du Cercle atomique de Vie. Aussi, mon ami Kryeon, qui vient d'achever la première phase de sa mission, continue son œuvre en accompagnant la mienne. Responsable du mouvement magnétique de tout le grand sidéral, il est suppléé d'un membre de son collectif agissant dans chacun des six autres Super-Univers.

Voici venu le temps où le Collectif SORIA entre en action. J'aimerais ici attirer votre attention sur le fait que deux responsables de deux Forces primordiales agissent conjointement et se trouvent en déplacement sur le même secteur. Cela représente une chose rarissime dans l'histoire de l'évolution de ce Cercle atomique de Vie !

Comme la présente période est unique et le restera probablement encore longtemps, il faut souligner ceci : sur chaque planète relais, un être incarné canalise en ce moment même les informations du Collectif SORIA. Précisons que ces personnes ont toutes accepté de vivre intimement avec un être recevant les forces intérieures du Maître Cristal de son Super-Univers. Le cas de ma partenaire, vivant intimement ici avec le relais du Maître Cristal (Didier Wagner), ne représente pas un fait exceptionnel ; mais la qualité exceptionnelle de ce fait réside dans la simultanéité de ce couple humain répondant aux autres couples dans les six autres Super-Univers ! Comme le caractère réservé de Didier l'a poussé à demeurer dans l'ombre, je me devais, pour la poursuite de notre action commune (le Maître Cristal et moi-même), de vous instruire sur ce partage des forces en mouvement sur Urantia Gaïa.

Ce Fils premier-né du Sans-Nom agit toujours dans la discrétion. Pourtant, à un moment il se révélera dans toute sa force et son intimité.

Avec la particularité attribuée à Urantia Gaïa de pouvoir devenir une porte d'accès à deux futurs Super-Univers, les forces engagées s'en viennent vers vous afin d'être présentes, implantées et prêtes de façon à entrer en action sur ces deux nouvelles parties du grand sidéral en expansion. Il reste simplement nécessaire de comprendre l'impératif de l'ancrage de ces énergies par des racines autour-sur-dedans la vie de votre planète, avant l'ouverture des nouveaux champs vierges. Désormais, le Sans-Nom donne les pulsions aux Forces primordiales pour installer l'unité dans ce Cercle atomique de Vie. Toutefois, cette période de haute importance cherche encore des germes à développer dans un lointain futur. Aussi, jusqu'à la dernière seconde de l'année 2012, vos fleurs d'Esprit seront toutes enregistrées puis examinées, testées et comprises en expérience. Alors, votre libre arbitre servira de tremplin aux visiteurs des temps à venir.

Auparavant, tous les relais des grandes lignes de fraternité et des chaînes d'appartenance s'installeront sur Urantia Gaïa. La structure du Collectif SORIA s'est expansée en créant une chaîne de reliance qui ancre ses énergies sur les principales portes de la Transformation. Notez ceci : à l'intérieur de ce Super-Univers, le Collectif SORIA a choisi les grands postes de la transformation comme maisons d'accueil temporaires, aussi avons-nous pris pied sur Arcturus et les principales planètes des Pléiades, entre autres. En agissant de la sorte, nous avons accepté d'aider à la transmutation du passé passif et actif de ces lieux ; ceci explique la raison pour laquelle je me suis adressée à vous en tant que Pléïadienne dans ma « Lettre à la Terre » (tome I, *Les grandes voies du Soleil*). En endossant une partie de la mauvaise utilisation du pouvoir créateur, je peux transmuter correctement avec mes attributs (les miens et ceux du Collectif SORIA) les actes dysharmonieux de ce groupe de Créateurs. En l'occurrence, je participerai également à la transformation du vrai passé historique d'Urantia Gaïa dès que j'aurai pleinement investi ses énergies. Notre but suprême de service en réponse à la sollicitation du Sans-Nom m'autorise entièrement à prendre de telles décisions. Cela souligne aussi la nécessité de vous relier les uns aux autres afin de participer à cette volonté, bien que partiellement. Mon état de Fille primordiale engendre de telles interventions.

Mais revenons un peu sur la structure du Collectif SORIA.

Huit Filles primordiales en représentent la tête, et toutes nous avons la charge, par intermittence, de réguler les forces en jeu dans le grand sidéral. De manière à être présentes partout dans les mondes finis, nous bénéficions de l'appui d'un groupe de 14 200 Êtres réalisés mis à notre disposition au sein de toutes les chaînes d'appartenance. Seule l'une des huit Filles primordiales occupe la place de responsable et de porte-parole du groupe. Notre pénétration du regard intime de notre Père/Mère primordial, le Sans-Nom ou Grand Constructeur, permet l'intégration de ses actions dans le monde fini en évolution. Nous avons accès à toutes les dimensions et recevons les décrets, les dérogations nécessaires pour pénétrer les plus petites dimensions de ces états inférieurs de l'être. Indifféremment, nous pouvons agir sur le monde magnétique, le monde cristallin, le monde solaire, le monde atomique, le monde électronique (une étude arrivera bientôt jusqu'à vous), comme dans les sous-mondes des esprits-groupes. Notre extrême respect des visages miroirs du Sans-Nom nous pousse à agir avec l'accord de nos autres frères ou sœurs primordiaux (au nombre de trois). Comme nous sommes porteurs d'une énergie particulière depuis de nombreux millénaires, nous travaillons avec les mêmes esprits en expérience. Depuis, cela nous garantit une perte minimale de lumière à chaque nécessité d'incarnation de nos esprits relais, leur devenir d'esprits réalisés étant naturellement attaché à ce partenariat. Pure légitimité, compte tenu des complications que ces êtres ont dû traverser en vue de forger et de tremper leur diapason. Aussi, que tous ceux et celles qui désirent nous rejoindre dans l'œuvre à venir sachent qu'il y a déjà un groupe du Collectif SORIA conséquent pour votre planète, tendu et prêt à vous recevoir. Votre propre lien particulier répondra avant tout aux attributions personnelles de chaque membre du collectif (harmonisation des corps, mathématiques, géométrie sacrée, etc.).

Dans le même ordre d'idées, je vois quelques-uns d'entre vous parvenir à établir des contacts avec des Cristaux intermédiaires et des Cristaux maîtres. Précisons que le travail intime du Maître Cristal de ce Super-Univers s'est effectué tout naturellement depuis des millénaires en choisissant un esprit en expérience. Vous pouvez comprendre aisément ce processus. Il est d'une grande sagesse envers la réalisation des missions respectives des quatre Forces primordiales. Quelques lignes plus haut, j'ai fait allusion à ma possibilité d'agir sur les autres forces ; dans cet esprit, je dois préciser que les quatre Forces primordiales sont complémentaires dans leurs actions. Régulièrement, l'une des quatre assume la « gérance » de l'harmonisation des pouvoirs d'action respectifs de toutes. Présentement, le Collectif SORIA (moi-même par voie de conséquence) a la charge de réguler les mouvements intérieurs de ces Forces, d'où la puissance de mes écrits. Difficile de vous parler avec simplicité de la complexité des rapports entre nos énergies et des influences de celles-ci sur le monde fini expérimental, et j'ajouterai que j'ai aujourd'hui autorité sur tous les groupes de Sages à l'œuvre dans le grand sidéral. Pourtant, tout cela ne représente rien à nos yeux, sinon davantage de responsabilités dans le cadre de nos décisions, plus de respect à installer, plus d'amour à transmettre et plus d'émerveillement lorsque les inter-réactions viennent souligner la justesse de nos choix !

Rien n'a plus de valeur à nos yeux que la Vie en mouvement dans ce présent Cercle atomique de Vie ! Parfois, nous sommes tellement tendus vers notre but que nous oublions notre naissance particulière et nous identifions alors à votre vie ! Nous vous aimons dans la Paix de notre Être et notre regard se souvient uniquement de la beauté de votre propre naissance.

Nous revenons souvent sur la loi du autour-sur-dedans, les trois grandes approches d'une vérité. Le théâtre de Vie se déroule actuellement dans le premier Cercle atomique de Vie ; une zone neutre existe entre le cœur de l'Île Centrale et ses sept Cercles de Vie.

Le *autour* rejoint les lois en expérience dans le grand sidéral.

Le *sur* parle de notre monde encore jamais révélé, sauf par le biais de ce livre.

Le *dedans* correspond à la réalité du Grand Sans-Nom et des sept Cercles de vie, et de tous leurs temples. Notre monde fut volontairement caché avant cette grande intervention. Les esprits descendants et ascendants ne le pénètrent jamais, nos lois d'intervention n'entrant pas dans leurs sujets d'étude et d'expérience. Mais, à l'unanimité, nous avons décidé de parler de notre lieu de résidence, paradis dans le paradis, beauté de la beauté, où nous évoluons dans la grandeur de l'Île Centrale, unis à la vérité du monde fini. Dans notre secteur résidentiel, nos sphères de Vie furent toutes créées depuis le Cœur du Sans-Nom. Ces lieux sont toujours en mouvement, et dans cette instabilité permanente des formes, nous trouvons les sources alimentant nos formes de Vie. Quand nous devons sortir de notre demeure, nous revêtons une des réalités du monde fini, laissant alors nos vêtements de Lumière, car ils ne peuvent pénétrer le Cercle atomique de Vie. Ainsi, si vos yeux subtils rencontrent nos formes empruntées aux mondes finis, ils ne croisent en fait que votre réalité de mouvement et non la profondeur de la réalité de notre monde, et cela est bien ainsi. Nous essayons chaque fois de porter une grande beauté vous correspondant, de façon à vous inciter à retrouver la vôtre. Nous sommes votre miroir magnifié, l'espoir de votre ultime but et, à chaque pénétration du Cercle atomique de Vie, nous travaillons à perfectionner la perfection de la Beauté. Votre grand sidéral n'étant pas stabilisé dans sa personnalité, nous dévoilons toujours un peu plus la grandeur du Sans-Nom. Plus nous ancrons sa réalité au sein de la vôtre, plus nous formulons l'espoir d'une grande réalisation dans les autres cercles de la personnalité en expérience, soit le théâtre du Cercle atomique de Vie.

Signalons maintenant qu'à la périphérie extérieure de celui-ci, une zone neutre similaire à notre lieu de résidence sera créée ; ce sera notre relais et nous y installerons un détachement de notre collectif. C'est la raison principale de la nécessité d'installer des portes d'accès, d'où aussi le choix des planètes relais du Sans-Nom.

Voici à quoi ressemblera le grand Univers, ou le grand sidéral, dans l'avenir.

## Schéma V

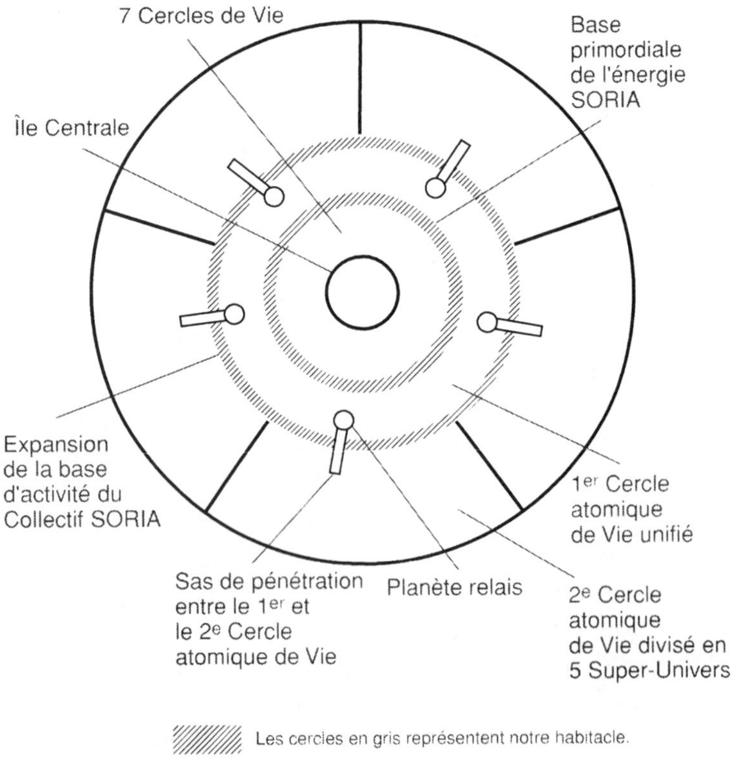


Cette figure n'est jamais un cercle parfait, compte tenu des mouvements respiratoires des Cercles atomiques de Vie. Au regard des résidents du deuxième Cercle atomique de Vie, les planètes relais seront le siège de leurs Sages. Urantia Gaïa détiendra la responsabilité de l'harmonisation des groupes de Sages ; toutefois, elle devra tenir compte de l'avis des autres groupes de Sages avant l'application d'un décret, même dans sa charge juridictionnelle. Le devenir du grand Plan passe par cette révélation afin que l'agrandissement des collectifs des quatre Forces primordiales puisse s'accroître par votre propre volonté. Des membres de votre humanité se glisseront dans les Collectifs primordiaux, et cela sera bien ainsi !

Si, pour l'instant, ces révélations ne changent en rien votre quotidien de femmes et d'hommes, cela engage par contre votre devenir d'esprits réalisés (certes, en son temps). Les germes de connaissance déposés dans votre réalité engendreront des bifurcations dans votre potentiel de réalisation, et telle est la raison suprême de tout cela ! Nous élargissons votre vue intérieure, nous vous offrons des voies nouvelles et rallumons le Feu primordial déposé à la base de votre colonne vertébrale non pas pour vous permettre d'ascensionner mais bien afin d'engendrer des réactions, de susciter des cheminements possibles et porteurs de créations multidimensionnelles encore jamais égalées.

Bienvenue au sein de ce possible réalisable.

# CONCLUSION

Quel drôle de paysage visité pendant la transmission de cet ouvrage ! Ou de manière, pour l'élévation de l'Esprit, de restituer une page du passé ! Une petite page, rien qu'une. Il y a tant et tant à dire et à vous restituer. Mais si nous allions trop vite, vous risqueriez de vous retirer dans votre coquille. Le Soleil brille de mille et une façons. Vos manuels d'histoire et vos textes bibliques n'abordent pas l'histoire véritable. Comment ! Y en aurait-il une vraie et une fausse ? Oui, et les pouvoirs en place se sont chargés, ô combien, de les transformer périodiquement. Aujourd'hui, vous n'en recevez que des miettes. Pourtant, à partir de celles-ci, nous pouvons reconstruire l'identité d'Urantia Gaïa et ainsi l'installer définitivement au milieu de ses sœurs. Je vous ai encore troublés, apportant des révélations ou vous renvoyant à votre passé, mais le passé est révélation, et vice versa.

Aujourd'hui, les temps nous bousculent. Aussi, si nous voulons suivre correctement cette séquence, nous nous devons de remettre en ordre le déroulement des événements, y compris ceux qui se présentent encore. Pas moyen d'éviter l'essentiel, car cela vous priverait d'une nourriture vitale. Vous êtes tous anémiés par le manque de racines. Alors, main dans la main, vous et moi contribuons au retour de la Vie universelle. D'accord, les informations voyageant par le biais de mon canal et de ma partenaire sont de taille à vous bousculer. Mon rôle se situe justement là ; je vous bouscule, dérangeant ainsi votre ordonnancement schématique de la Vie. Votre ronronnement bien rodé est un nectar pour l'ombre de l'Ombre, ce groupe d'hommes et de femmes terrestres avides de pouvoir. Je vous invite, à chaque séquence de travail, à élargir votre horizon dans le but de permettre à la Vie universelle de venir en vous et de vous offrir la paix de l'Être. Encore l'Être... direz-vous, mais de quoi pourrions-nous parler sinon de l'être ? N'est-ce pas celui que vous ne connaissez pas, qui n'est pas ce que l'on fait croire ? *Être* est la liberté de se glisser dans l'énergie divine, volontairement actif en elle, pour elle, par elle. S'oublier, mais pas n'importe comment, en étant maître de soi, du Soi et de toutes les émissions du corps, de l'âme et de l'esprit. En service, au service de...

Encore et encore, j'élargirai votre conscient et ferai immerger votre inconscient dans votre quotidien. Comme à l'habitude, entre les mots j'en glisse d'autres afin que ceux-ci fourmillent d'énergies, certes cachées, car elles sont placées dans le cœur de ces mots non inscrits sur les pages de papier.

Je nourris votre corps, votre âme et votre esprit de mots subtils et d'autant plus efficaces que vos yeux physiques ne peuvent les déformer. Comment ! On peut déformer des mots ? Oh que oui ! Chaque jour, j'observe le mal-être d'une grande majorité qui, ivre de douleur, interprète les mots rencontrés à sa manière. La douleur physique, la souffrance psychique amènent tout homme et toute femme en mal de vivre à transformer un mot pour en placer un autre, même si cela est inscrit noir sur blanc. Alors, je nourris vos yeux physiques mais, en toute connaissance, je complète ce travail en ajoutant une contrepartie apaisant votre âme et votre esprit. La douleur, la souffrance, oui, vous comprenez bien de quoi il s'agit, mais si je vous propose les mêmes sur les plans subtils, alors là, vous ne me percevez plus. Pourtant, dans cette phase humaine, je vous le dis, votre gouvernement occulte a choisi de nourrir votre corps physique juste assez pour l'endormir et pour lui permettre à lui de mettre en action tout un éventail d'illusions afin de vous plonger dans un sommeil. Voyez comme vous recherchez un faux bien-être !

J'insiste, tant que vous répondrez à ce faux progrès, vous serez les artisans de votre malheur. Vous êtes devenus une société de consommation ; observez comment, en réaction, votre planète dépérit. Il y a là une réaction directe de cause à effet ; mettez donc un terme à cette consommation abusive. Réfléchissez avant de tendre votre main pour acheter un paquet d'illusions. Savez-vous comment nous surnommons vos zones d'activités commerciales ? « Les pâtés d'illusions. » Les fakirs des temps modernes ont trouvé une parade exceptionnelle, car, n'en doutez pas, ce sont des fakirs, des illusionnistes, rien d'autre. Bref, ce sont des faiseurs d'images irréelles. Je ne vous invite pas à retourner à ces temps où rien n'existait, mais à commencer par le b.a.-ba de la Vie, c'est-à-dire à donner de l'importance à votre esprit, à votre âme. Ainsi, le vrai progrès naîtra. Oui, les grandes civilisations universelles usent de la technologie, mais pas n'importe laquelle et pas n'importe comment ; voilà la différence. En l'occurrence, pour vous ramener progressivement au bon endroit du bon sens, nous vous restituerons une page de votre histoire, une page de la Vie universelle et une page de la réalité terrestre en cours. Et au beau milieu, vous, toujours vous, encore vous ! Responsabilité, maîtrise, amour, fidélité, voilà des mots qui devront animer votre volonté. Les mondes nouveaux attirent peu à peu l'Esprit divin, qui viendra en partie d'Urantia Gaïa. Aussi, dès à présent, nous sélectionnons ceux et celles qui, dans un futur lointain, deviendront les guides d'une humanité ayant la charge de développer des gènes et un autre plan. En définitive, au-delà de votre mal-être, vous devez aujourd'hui trouver l'harmonie et la paix.

Comprenez que les quatre grandes Forces primordiales viennent s'installer à la périphérie extérieure de ce premier Cercle atomique de Vie. Les planètes relais sont les sas de pénétration de ce monde neutre que nous allons créer afin d'y prendre demeure. On ne pourra pénétrer notre monde, mais il y aura des couloirs intemporels où des gardiens – vous-mêmes – seront en poste. Soyez prêts, car votre aventure ne fait que commencer. Ce que vous avez vécu vous a juste préparés à ce qui vient.

Je vous donne donc rendez-vous pour un autre épisode

de mon enseignement ; non, pas de pose, juste une respiration entre deux groupes d'information.

À bientôt, je vous promets d'être égale à moi-même, sans faille et forte de l'amour que je vous porte.

*SORIA*

# MESSAGE DU MAÎTRE CRISTAL

À vous mes amis, mes enfants.

À tous ceux et celles qui portent en eux le désir d'épancher cette soif d'amour pour découvrir l'Amour qui EST, qu'ils sont. À vous tous, je dis *bravo*, car ce qui EST est là désormais, porté par vous et en vous.

Quant à nous, nous répondons à l'appel puissant de la masse des cœurs aimants des hommes et des femmes de cette Terre afin qu'ils connaissent le fruit de leurs efforts et de l'œuvre menée depuis de si longs temps.

Ma vue ne peut être identique à la vôtre, car elle englobe l'immensité de la voûte étoilée de la chair illuminée de l'Unique Corps qui Soit. Cependant, avec mon Cœur, et en lui, je n'ai cessé de vous accompagner sur ce chemin tout de Lumière. Je parle ici de la Lumière qui engendre et qui baigne toute chose : la Lumière Vie.

Bon nombre d'entre vous connaissent la Lumière à laquelle l'Ombre semble s'opposer. Ceci n'est qu'un jeu du grand Jeu, et vous avez aujourd'hui la compréhension nécessaire pour en saisir la force et quitter ce terrain d'expérience. C'est cette force que la Vie attendait, car elle vous permettra de vous élever au-delà de la Dualité et d'en finir ainsi avec les rôles de bourreaux et de victimes. Vous êtes maintenant appelés à la maîtrise de vous-mêmes, rien de moins. Mais constatant votre non-être actuel quasiment général, vous devez entreprendre d'abord votre reconquête, autour de vous et en vous. Cette Loi du *autour-sur-dedans* est un paradigme à intégrer dans votre évolution de façon à envisager une plus grande responsabilité.

La responsabilité, voilà où vous êtes attendus, et nous vous enjoignons de cesser d'accuser quiconque dans les débats qui viennent, car, tous, vous tenez un brin de l'écheveau qui a ficelé les ailes de cette planète et de votre propre ascension.

Les ailes d'URANTIA sont sur le point de se déployer dans l'azur du firmament éternel. Ses songes de jeune Fille divine vont se réaliser enfin et elle se prépare à s'envoler vers sa destinée, où elle retrouvera l'accompagnement de ses bien-aimées sœurs.

Je vous somme de vous installer dans votre paix, au cœur de vous-mêmes, seul gage de lucidité dans la traversée de cette transition qui vous pénètre sur ce monde de la Lumière dense. Votre expérience ici ne s'exclut pas du grand Théâtre universel de la Vie, bien au contraire. Dans le fond de ce creuset d'alchimie puissant qu'est votre planète, vous avez bel et bien développé de nouveaux germes d'expérience dont vous prendrez davantage conscience à l'avenir. Nous vous en remercions. Cette partie de votre contrat s'achève.

Il est maintenant l'heure de vous souvenir de qui vous êtes vraiment et d'endosser les vêtements qui sont vôtres, avec les responsabilités afférentes.

Je n'ordonne rien aujourd'hui ; le grand ordonnancement divin est en vous depuis l'aube de votre naissance d'esprit. Mais je viens souffler sur ces braises qui dorment depuis trop longtemps, dans le but de les raviver afin que chacun retrouve en lui le FEU de ce foyer dont nous sommes tous issus, le Feu même qui brillera un jour à la surface de cette sphère et rayonnera dans l'immensité de la matrice céleste. Il ne manque que vous en effet dans la scène cosmique et dans la grande partition universelle. Car, voyez-vous, toute création s'anime par les sons et les couleurs. Nous attendons de connaître la tonalité exprimée d'Urantia Gaïa, née Urantia, dans le cercle des planètes couronnées. Cette reconnaissance, tant bravée, est d'ores et déjà prononcée ; tous les Décrets selon les accords du Très-Haut sont actuellement pourvus, ainsi que ma Présence même dans votre secteur en signe d'accomplissement dans le monde de la matière divine.

Ceci n'est pas un leurre (vous avez été plus que servis dans ce domaine). Les événements surviendront rapidement dans votre réalité, car nos réalités, celles des Êtres primordiaux venus pour activer cet avènement, bousculent de leur charge atomique toutes les particules constituant l'éther de chaque cellule de vie, petite ou grande. Par la respiration, elles pénètrent au centre de toute substance, et pas un règne, une strate de vie, une dimension ne seront épargnés par la Transformation.

Seules les résistances d'une partie de la famille humaine tendront à rendre cette mutation difficile pour certains plus que pour d'autres, ou là plus qu'ailleurs. Pourtant, le mouvement respiratoire universel vous invite maintenant à vous glisser en lui.

La Mère primordiale préside à ce présent enfantement ; qui mieux qu'elle aurait pu le faire ?

Le temps est donc venu de rendre grâce à Celle qui s'est tue, qui a accompagné de son silence et de son amour l'évolution de ce libre arbitre et la conduite d'enfants gâtés dont vous avez abusé.

Les abus ne peuvent être tolérés aujourd'hui avec ce retour dans le giron maternel. Tenez-vous bien, car ISIS relève son voile et embrase la Terre du Feu de son regard aimant, l'Air de son Souffle et de son Verbe, et des Eaux débordantes de son Cœur, elle lavera toutes les blessures offertes. Que votre propre cœur soit UN avec le sien ; il ne peut y avoir désormais deux mesures. Aimez-vous la VIE ? Aimez la VIE !

Cette injonction sera pour vous la seule invocation possible pour obtenir les nourritures de la Lumière que les légions d'Anges tiennent à votre disposition dans ces Cieux nouveaux descendant vers vous à vive allure.

Votre transfert sur une autre fréquence – car c'est bien de cela qu'il s'agit – est présentement entamé. J'emploie mes forces pour répondre à l'appel de la Mère et répandre ma lumière dans les circuits fluidiques de votre sphère de Vie. Mes fils, les Cristaux, déploieront progressivement leurs énergies si longtemps demeurées inactives. Oui, inactives, car l'usage restreint et souvent égocentrique que vous avez pu en faire n'est rien par rapport à celui de leur entrée en service pour la Vie Mère. Le destin de cette planète se révèle aujourd'hui seulement. Aussi, seulement le Peuple Cristal va-t-il jouer de son diapason et seulement maintenant êtes-vous accueillis dans la Réalité universelle. Je vous y donne rendez-vous à mon tour, avec mon peuple, et vous assure de mon Sourire aimant si vous vous considérez un tant soit peu comme des dieux créateurs et non comme des esclaves offrant ainsi caution, par leur attitude, à l'assujettissement général.

Les jougs les plus serrés seront amenés à relâcher leur étreinte mortelle. Rien ne résistera à la Lumière qui vient par le dessus et par l'intérieur de votre plan. Mon Énergie coule à flots dans l'éther de toutes les géométries en jeu dans votre monde, et je rehausserai, avec ou sans votre participation, toutes les structures de Vie inhérentes à la géométrie sacrée déposée par le Sans-Nom.

Que soit votre gloire, telle est notre volonté. Mais il sera fait selon la volonté de chacun, ce respect-là étant en fait une autre Loi primordiale.

Les Lois de Vie, puisqu'il s'agit bien de cela avec ce retour au mouvement universel, viennent vous rappeler à leur bon souvenir. Elles constituent le support des influences de la Vie qui se meut dans le respect des différences suggérées par les multiples variations de ses expressions. Vous aurez à vous refamiliariser avec elles. Toutefois, prenez une bonne inspiration avant de plonger dans les eaux de cette Transformation.

Assurément, le visage de cette planète, tout comme le vôtre, va changer. Vous n'aurez de puissance qu'en vous puisque nous fermons ici maintenant les portails tant empruntés des vieilles voies d'évolution du monde tridimensionnel. La Foi vous sauve encore et encore ; ne l'oubliez pas.

Nous nous tenons dans l'Instant, et toute la force nouvelle de l'Univers vous donne également rendez-vous dans l'Instant.

Il est temps de regagner votre confiance intérieure, celle-là même que vous avez bradée pour une fausse aisance extérieure. Le Jeu a joué de ses effets, mais il se termine. Abandonnez ces attitudes désuètes et ressourcez-vous en vous et dans ce monde offert que je conduis et où j'ai engagé mes légions d'Êtres aimants toujours prêts à vous accompagner : la Nature Mère. Celle-ci représente ma Chair, mon Souffle, ma Danse et ma Joie. Je me suis offert ainsi dans l'écrin le plus pur ; qu'en avez-vous fait ?

Comprenez qu'il ne saurait y avoir d'ascension de l'esprit dans le perpétuement du mépris d'une forme de vie ou d'une autre. Avec plus d'acuité, vous en saisirez la force pertinente bientôt ! Chaque parcelle de Vie déshonorée réclamera réparation. Nous vous engageons à faire acte de réparation là où vous êtes, avec vos dons et votre pouvoir créateur intérieur : un élan du cœur, un sourire, un geste respectueux posé… Voilà les messages que la matrice de Vie attend pour redistribuer son abondance.

Nous, les quatre Forces primordiales, avons déjà répondu à l'appel de cette humanité et d'Urantia Gaïa. Nous déployons nos énergies au fur et à mesure de votre démonstration aimante. La tristesse n'est pas de mise, maintenez votre évolution !

Les mots qui transiteront vers vous seront fermes et clairs. Il n'est plus temps de s'appesantir ni de se plaindre. Il est l'heure de se transformer et, plus que jamais, vous avez autour de vous et en vous la lumière nécessaire pour cette renaissance.

Ma Lumière vous accompagne dans le silence qui est le mien et je demeure, ainsi que je le fais au travers de ces arbres maîtres qui veillent sur votre bien-être le long de vos chemins, simplement heureux d'être là, heureux d'*ÊTRE*.

À bientôt.
Je vous salue.

*Message reçu par Didier Wagner,*
le samedi 22 février 2003, jour de grâce de l'entrée en fonction d'ISIS sur Urantia Gaïa.

# CERCLE DES LECTEURS

Isabelle G.

Question : Pourquoi suis-je autant interpellée par Soria ? Est-ce que je fais partie de son groupe ?

Réponse : Comme je prends sous ma juridiction les prochaines ouvertures d'énergies du autour-sur-dedans d'Urantia Gaïa, tous les hommes et toutes les femmes se réveillant à leur contrat envers l'humanité et la Vie universelle passent sous ma responsabilité, soit celle du Collectif Soria.

Jean C.

Q. : Si ma question n'est pas indiscrète, combien y a-t-il d'êtres dans le Collectif Soria ?

R. : Le Collectif Soria est soutenu par 14 200 Êtres de Lumière actifs sur plusieurs planètes. Pour Urantia Gaïa, un groupe de 4 520 Êtres s'est détaché. J'en suis la responsable et porte-parole, mais ce rôle s'étend à tout le Collectif Soria.

Maguy G.

Q. : Dans le cas d'un mariage entre un esprit descendant et un esprit ascendant, qu'en est-il du processus final d'ascension ?

R. : Leur ascension s'effectue en parallèle. Imaginez deux échelles ; l'un monte d'un degré et attend l'arrivée de l'autre sur le barreau correspondant de son échelle. Puis le barreau suivant sera gravi indifféremment par l'un ou l'autre.

Q. : Pourriez-vous nous indiquer un exercice respiratoire afin d'intégrer le rayon doré en regardant le Soleil ?

R. : Bien sûr ! Prenez d'abord deux grandes respirations de manière à faire la paix en vous. Ensuite, tournez-vous vers le Soleil, pieds légèrement écartés, et visualisez un lien d'or s'élevant jusqu'au Soleil. Une fois la connexion réalisée, aspirez le rayonnement du Soleil dans vos poumons puis, à chaque nouvel inspir, diriger l'énergie solaire dans tous vos organes, vos muscles, vos os, vos corps subtils. Terminez en remplissant totalement l'aura et faites jaillir, par tous les chakras, la lumière et l'énergie solaire dans tout l'Univers.

Cet exercice est complet. Il revitalisera votre être dans sa globalité.

*Question de Soria*

Ami humain, pourquoi, une fois ton malaise déterminé, retournes-tu à tes anciens comportements insatisfaisants ?

J'attends votre réponse !

Pierre D.

Q. : Dans *Voyage*, j'ai lu : « Saint Paul, le fomenteur de votre éloignement… » Soria nous apprend la règle du jeu de l'Ombre et de la Lumière. Je suppose que si le Christ a dû accepter le jeu, Soria doit l'accepter aussi, n'est-ce pas ?

R. : Moi, Soria, je ne remets pas en cause le jeu de l'Ombre/Lumière. Dans la restitution de votre liberté, et avec le souhait ardent de mon ami et complice *saint Paul* (il ne porte toutefois plus ce nom et ne l'a jamais porté durant son incarnation), nous devons aborder ce sujet de manière à vider le réservoir d'énergie lié à cette prestation humaine.

Rappelons d'abord qu'il n'était pas *saint* à ce moment-là. Lors de cette période de temps, notre ami a choisi d'enseigner une théorie issue des paroles du Maître, et non les Paroles du Maître.

Aujourd'hui, le cercle religieux diffuse toujours la théorie de l'homme canonisé sous le nom de saint Paul.

Ceci nourrit un égrégore collectif vous éloignant un peu plus chaque jour de l'enseignement donné par le Maître. Saint Paul est donc responsable de ce réservoir d'énergie en tant que créateur, ou qu'initiateur. Son amour immense pour vous le pousse dans cette grande ouverture à chercher le moyen de tarir cette source.

Il s'est présenté à moi et m'a demandé d'aborder ce problème, de vous enseigner sa responsabilité au sein des événements actuels. Il souhaite vous libérer de son choix ancien et ainsi vous ouvrir le chemin de la liberté. Notre ami y travaille depuis ces temps-là et voici, enfin, la plus grande opportunité pour lui de clôturer cette expérience. Ensemble, nous avons choisi les mots susceptibles de déclencher des réactions (attendues).

Votre lettre souligne le bien-fondé de ce choix de mots. Encore une fois, nous ne remettons pas en cause la grandeur présente de cet être, mais il devient urgent de couper les liens vous retenant à lui et ceux qui ont été créés par vous afin de le retenir ici. La liberté allant dans les deux sens, vous devez prendre conscience de la différence entre l'enseignement du Maître et l'enseignement d'un être encensé. Cela en vue de voir refleurir la Lumière déposée par le Saint des Saints, le Trois-fois-béni. Le dépôt du grand Maître ayant donné la semence espérée, les chemins détournés n'ont plus leur raison d'être.

En aucun cas, la valeur de votre *saint* n'est amoindrie, bien au contraire ! Pourtant, afin de lui rendre gloire, ce réservoir d'énergie doit être vidé.

Quant à notre Maître bien-aimé, il se joint à nous dans ces efforts de libération.

*Réflexions de Soria*

Oui, ami lecteur, tu as raison ; rien ne doit être accepté sans réfléchir.

Même ma présence entre dans cette ligne de conduite. Ma charge énergétique étant de puissance atomique primordiale, j'induis obligatoirement des changements radicaux dans l'existence humaine incarnée ; alors, si cela ne vous intéresse pas, ne m'accueillez pas dans votre réalité dense. Pour la réalité subtile, la majorité de cette humanité m'a offert une grande place et je remercie ici tous les esprits au service de la Vie qui vient vers vous. Je rappelle également que la présence du Sans-Nom sur votre planète amène d'inévitables changements.

Revenons au mot *Satan*.

Je le dis encore une fois, cette appellation ne désigne nullement une personne. Il s'agit plutôt d'une énergie mise en place par un groupe d'hommes et de femmes incarnés de façon à soumettre la majorité de l'humanité à leur désir de pouvoir.

Au fil du temps, ce nom s'est imbriqué dans la théorie développée par saint Paul. Le voici donc parrain d'une énergie qui ne fut pas créée par lui.

Aussi, cette association nuit à sa légèreté d'action. Notre amour pour lui nous incite à démystifier le nom de Satan. Ceci nous offre l'occasion de vous expliquer une Loi divine :

*Tout réservoir d'énergie créé soit par une intervention de la Lumière non incarnée (esprit descendant, Maître de rayon, responsable d'une fonction divine), soit par l'humanité résidentielle d'un vaisseau spatial (planète), doit recevoir une identification.*

Le mot *Satan* désigne un réservoir d'énergie ou un égrégore collectif.

Saint Paul est responsable d'une théorie issue d'une partie de l'enseignement du Trois-fois-béni.

Alors, si vous avez un peu d'amour pour cet être, remettez la vérité en place dans votre tête.

Dans vos maximes, nous trouvons celle-ci : « Toute vérité n'est pas bonne à dire. » Pourtant, aujourd'hui, la vérité doit être dite afin de dégager la gangue d'obscurantisme entourant Urantia Gaïa.

Rosine O.D.

Q. : Pourquoi ce groupe d'Entités a-t-il pris le nom de SORIA ?

R. : Nous ne décidons pas des noms des énergies. Nous acceptons la position du Très-Haut. Généralement, les groupes ont deux ou trois options. En ce qui concerne la désignation de notre groupe, seul un nom fut donné. Par conséquent, nous supposons qu'il est fortement nécessaire pour nous de remplir notre rôle sous le couvert de cette force.

SORIA est l'énergie primordiale du Très-Haut, au service des mondes en évolution.

Simone L.

Q. : Des révélations m'ont été faites sur mon identité. Était-ce vraiment nécessaire ?

R. : Oui, aujourd'hui il devient nécessaire de vous rendre votre identité réelle. Cette restitution a pour but de réveiller une somme d'informations tapies dans vos cellules. Elle représente votre véritable passeport pour les ouvertures à venir.

La Lumière de Vie lira la lumière de chacun, soit sa densité, sa luminosité, ses spécificités et son identité. Aussi, en vous restituant votre identité véritable, la Lumière de Vie saura que vous avez une connaissance précise de vous-même au sein du grand sidéral (entre autres).

Véronique O.

Q. : Quelle est la relation de tout cela avec les êtres du satellite de Krypton et les soins ?

R. : Krypton est une sphère de Vie orientée surtout vers l'aide aux personnes en difficultés lumineuses.

Fred I.

Q. : Notre Soleil (de notre système solaire) abriterait des entités de haut niveau. Il s'agirait donc plutôt d'un corps froid (article paru dans Internet Byrdalice).

R. : La vie sur le Soleil, sujet brûlant, certes !

Les approches, les miennes comme celles à venir et toutes les autres, tentent d'ouvrir la conscience humaine aux autres formes de vie.

Oui, les soleils sont habités par des Êtres évoluant à une haute fréquence. Un jour, dans votre cheminement et si votre choix s'y arrête, votre évolution vous permettra de le vérifier avec d'autres créations solaires à venir.

Q. : Soria peut-elle nous donner des informations au sujet des pyramides découvertes en 1976 sur Mars (article paru dans Internet Avinsky) ?

R. : Les pyramides sur Mars sont les vestiges des temps passés des humanités martiennes ayant détruit la vie à la surface externe de cette planète. Ces ruines parlent d'elles-mêmes. Mars connut, en son temps, la vie animée d'une planète tridimensionnelle. Heureusement, son centre demeure habité. (Très belle photo de ces pyramides. Continuez votre travail afin d'apporter un éclairage précis sur les informations en provenance des cieux.)

Q. : Soria nous parle d'une manière surprenante de l'accident de Toulouse. Qu'en est-il exactement de cela et des événements du 11 septembre 2001 ?

R. : Peu à peu, la thèse d'un attentat à Toulouse fait surface ; affaire à suivre dans les détails. Vous n'êtes pas au bout de vos surprises !

Quant au 11 septembre, il y a matière à se poser de sérieuses questions.

*Question de Soria*

Avez-vous le courage de regarder la vérité en face... ?

Luce B.

Q. : Au début de l'année 2003, on a annoncé la naissance de bébés clonés. Qu'en est-il de l'âme chez ces enfants ?

R. : Bien volontiers, j'accepte d'apporter mon regard sur ce sujet. Un pas a été franchi dans la manipulation génétique. Comme vous êtes des créateurs, il vous faut donc expérimenter les limites et les possibles de cette création.

Quant aux âmes venant tenter l'expérience humaine au travers de ces corps proposés, elles acceptent tous les aléas. Ces âmes seront souvent d'anciens manipulateurs généticiens de cette planète ou d'ailleurs. Cela étant, elles éprouveront tout l'éventail d'une telle création !

# NOTE DE LA COAUTEURE

Voici un instant précieux, celui de la remise d'un nouveau livre.

Le cinquième, déjà ! Dire que je n'ai pas cru Soria quand, au début, elle m'a précisé qu'une suite il y aurait ! Non, je ne me sentais pas capable d'écrire un livre. Cela ne pouvait être qu'une farce cosmique. Eh bien, il n'en est rien !

En ce qui me concerne, chaque réception m'entraîne dans une aventure, la mienne n'ayant de valeur que pour moi. Pourtant, je m'entretiens de cela avec vous afin de vous faire ressentir la ressemblance entre votre cheminement et le mien. Nous sommes égaux aux yeux de l'Éternel.

Durant ce temps de maturation ou de gestation, ma personnalité est sans cesse travaillée afin de l'aligner un peu plus sur la vie décrite par ma partenaire. Pendant la transmission de ces mots, j'ai connu une période d'inactivité due aux changements de vie, à la fatigue accumulée, et davantage peut-être. Soit trois mois sans entendre les informations qui m'étaient destinées. Trois mois de doute : Et si je n'entendais plus, et si Soria me désertait ? Ouf ! La source s'est remise à couler, plus forte et plus dense. J'ai retrouvé le ton, la force et le dérangement des mots sans aucune concession de la part de ma partenaire.

Voilà aussi comment on mesure son désir de servir la Vie universelle !

Vous m'écrivez et je vous en remercie. Je tiens à vous dire ici que transmettant vos questions à Soria, j'en reçois les réponses. Elles sont ce qu'elles sont. Parfois, volontairement, elle vous répond à côté et les effets ne se font pas attendre. J'ai choisi d'être neutre et observatrice dans cet échange.

Les énergies de ce début d'année 2003 sont difficiles. Autour de moi, j'entends amis et connaissances se plaindre d'un remue-ménage interne même pas voilé. Si vous faites partie de cette vague, octroyez-vous des poses afin d'évacuer le stress occasionné.

J'ai moi-même négligé de le faire. Le résultat : plusieurs mois sans pouvoir entreprendre une action avec énergie. En permanence fatiguée, je remettais mes activités au lendemain.

Soria nous annonce une période chargée en événements ; alors, prenons soin de nous-mêmes et n'attendons pas d'y être invités de force. Je crois que la maîtrise se situe également là. Dans ces périodes, lourdes au quotidien, nous nous retrouvons dans l'obligation d'élaguer les surcharges de tout acabit !

La joie du partage devient réalité ; après coup, on y voit un peu plus clair. Effectivement, si nous échangions nos impressions, nous pourrions éviter à d'autres de tomber dans les mêmes pièges ! Je crois que l'invitation de Soria à réinstaurer des Cercles de paroles de tous niveaux vise à nous faciliter la vie. Du moins, c'est ainsi que je le ressens.

Ce livre s'est construit d'une manière différente des précédents. En plein milieu de la réception des chapitres, Soria s'est mise à me les *envoyer* dans le désordre ! Le quinzième avant le onzième, le quatorzième en dernier… Pourquoi ? Puis, à un moment donné, j'ai même égaré le chapitre huit. Nous sommes donc passés au neuvième, mais au cours de celui-ci, j'ai retrouvé le précédent, on l'a repris et le dixième a suivi. Nous avons terminé l'autre (le neuvième) après ! Voilà, mon mental fut déjoué, mes peurs également. Quelle ne fut pas ma surprise de constater l'enchaînement parfait du livre. Encore une fois, Soria m'a fourni la preuve que je ne pouvais pas inventer cet enseignement.

Ces quatre années tendues dans cet exercice à votre service m'ont aussi appris à m'accorder des plages de repos, d'expressions personnelles et de fantaisie. En un mot, à être vivante. Merci la Vie, merci Soria, merci à vous, lecteurs, et merci aux Éditions Ariane.

Au cours de ce nouveau voyage en compagnie de la Vie avec un grand V, j'ai fait la connaissance de personnes merveilleuses facilitant parfois ma trajectoire présente. Alors merci Patrice, Jean, Christiane, Maryse, Stéfan, Jeannine, Bernard, Stéphane, Claude et tous ceux et celles à venir…

Ce livre se terminera pour moi avec ces mots : À la prochaine !

Fraternellement, *R. F. FAUZE*

*Soria instruit plus en profondeur*
*au cours des Cercles de Parole.*
*Pour plus d'informations écrire à :*
*B.P. 11, 46270 Bagnac, France.*

**_Quelques exemples de livres d'éveil publiés par Ariane Éditions_**

*Aimer ce qui est*
*Anatomie de l'esprit*
*Contrats sacrés*
*Marcher entre les mondes*
*L'effet Isaïe*
*L'ancien secret de la Fleur de vie, tomes 1 et 2*
*Les enfants indigo*
*Célébration indigo*
*Aimer et prendre soin des enfants indigo*
*Le futur de l'amour*
*Série Conversations avec Dieu, tomes 1, 2 et 3*
*L'amitié avec Dieu*
*Communion avec Dieu*
*Questions et réponses au sujet de Conversations avec Dieu*
*Moments de grâce*
*Le pouvoir du moment présent*
*Mettre en pratique le pouvoir du moment présent*
*Le futur est maintenant*
*Sur les ailes de la transformation*
*L'amour sans fin*
*Le retour*
**Série Soria :**
*Les grandes voies du Soleil*
*Maîtrise du corps ou Unité retrouvée*
*Voyage*
*L'Être solaire*
*Fleurs d'esprit*
**Série Kryeon :**
*Graduation des temps*
*Allez au-delà de l'humain*
*Alchimie de l'esprit humain*
*Partenaire avec le divin*
*Messages de notre famille*
*Franchir le seuil du millénaire*
*Un nouveau départ*